QUO VADIS

DE SIENKIEWIEZ

Tableaux et Scènes de Rome antique

54-68 ap. J,-C.

ADAPTATION EN VERS DE

PAUL DE MARCILLAT

INÉDIT

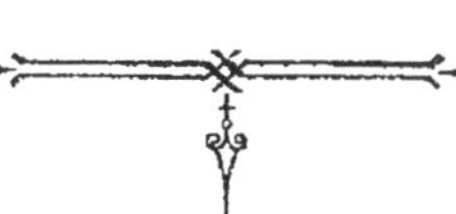

CAMBRAI
Imprimerie RÉGNIER Frères, Place au Bois, 28 et 30

1908

QUO VADIS

DE SIENKIEWIEZ

Tableaux et Scènes de Rome antique

54-68 ap. J.-C.

ADAPTATION EN VERS DE

PAUL DE MARCILLAT

INÉDIT

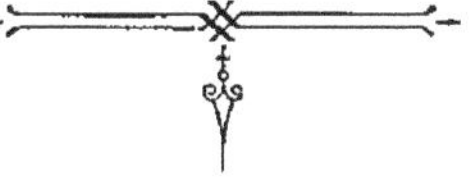

CAMBRAI
Imprimerie RÉGNIER Frères, Place au Bois, 28 et 30

1908

AUX PARENTS

PREMIÈRE PARTIE

PERSONNAGES

Néron César Barbe d'Airain	*empereur romain 54-68 ap. J.-C., poète, musicien, cocher...*
Pétrone	*augustan, sénateur, poète, oncle de Vinicius.*
Lucain	*poète, favori de Néron.*
Tigellin	*préfet de la Garde.*
Vinicius	*guerrier, tribun, neveu de Pétrone, amant de Lygie.*
Sénèque	*savant, précepteur de Néron.*
Vatinius	*sénateur, favori de Néron, ancien savetier.*
Vitellius	*sénateur.*
Scenecion	*sénateur.*
Poppée	*affranchie, maîtresse de Néron.*
Chrysothémis	*maîtresse de Pétrone.*
Eunice	*esclave de Pétrone, affranchie, aimée de lui.*
Lygie	*fille de roi vaincu, otage, amante de Vinicius.*

Rome païenne, *54-68 ap. J.-C.*

FESTIN AU PALAIS

Aux festins de la Cour, tout Romain prétendait.
Sans scrupule, César conviait, invitait...

A sa table on voyait, jouant rôle de pitres,
Des sénateurs nombreux, tous à différents titres,
Altérés de plaisirs, de stupres et d'éclat,
Des vieux praticiens, jeunes sans odorat,
Des femmes de grand nom, affublées de perruques
Fauves pour la plupart, toutes cachant leurs nuques
S'en allant vers le soir par les sentiers obscurs
Les ruelles courir et tous les lieux impurs...

Des pontifes connus avec la coupe haute
Raillant les dieux sacrés, encor ne faisaient faute...
Des mimes, des jongleurs, musiciens, danseurs,
Danseuses de tout ordre, autant d'envahisseurs,
Précédaient ce jour-là, poètes et leurs rimes...
Et ces derniers songeaient aux sesterces infimes
Qu'ils allaient ramasser en louant de grands vers !
César était poète étonnant l'Univers !...
Il fallait à tous prix flatter sa fantaisie,
On allait l'applaudir tous avec frénésie !...

Au festin on voyait philosophes goulus,
De pauvres affamés à peine chevelus

Reconduisant les plats avec des yeux voraces,
Prestidigitateurs, des cochers en renom,
Thaumaturges, conteurs, baladins à grimaces,
Une foule de gueux invités sans façon,
Célébrités du jour cachant par longues boucles
Leur signe d'esclavage : aux oreilles leurs boucles !

Pour manger à la table on choisissait surtout
Les notoires d'entre eux : le reste était debout.
Tout ce menu fretin servait aux interludes
Attendant et guettant dans des inquiétudes
Les restes abondants des mets et des boissons...
Ils se lançaient alors, qui... sur les échansons...

Vitellius, Vatinius pour complaire à leur maître,
Faire que tous ces gens pussent au moins paraître
A la table royale avec sa dignité,
Etaient forcés souvent d'habiller l'invité.
Il faisait plus d'honneur à César et sa suite,
Au faste impérial réclamant la splendeur,
L'occasion ce jour était toute fortuite :
Néron se complaisant avec un débardeur !

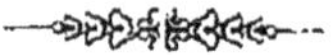

TOILETTE DE LYGIE

Si la curiosité de voir toute la Cour,
César et sa grandeur, Vinicius et Pétrone,
Devait primer d'abord sur son naissant amour,
Lygie, pauvre Lygie, que son dieu n'abandonne,
L'ignorait cette fois malgré tous les récits...

La fameuse Poppée excitait les esprits...
On la disait très belle avec l'âme méchante :
C'était du grand Néron une femme galante...

Acté la précédait... Retombée dans l'oubli,
Elle vivait à part, regrettant sa disgrâce.

Dans son unctorium Lygie se rétablit...
Sa forte émotion la rendait un peu lasse,
Et son enlèvement barbare et inhumain
Lui causait du souci... Quel serait son destin ?...

On devait l'habiller pour la présente fête.
D'aromates, parfums, des pieds jusqu'à la tête
Elle fut donc frottée avec habileté...
Et son corps subissait cette nécessité,
Remis entre les mains d'esclaves de service...
Mais Acté décida pour servir son caprice,

D'habiller, de parer cette fille aux yeux bleus !
Quelle admiration déjà pour ses cheveux !
Et ce corps tout pétri d'une nacre perlide,
Rosé, si bien formé, tel une néréide !...
Et sa vue troublée évoquait un printemps
Admirable sans doute et qui n'aurait qu'un temps !

ACTÉ

O Lygie ! O Lygie !... faut-il que je révèle
Un secret entre nous ?... Poppée est bien moins belle !

Pour la première fois elle entendait ces mots !
Les deux mains sur la gorge et les jambes serrées,
Les yeux voilés de pleurs, tout remplis de sanglots,
Elle ne comprenait les formes admirées !
Blessée dans sa pudeur, cherchant à se couvrir,
L'épingle des cheveux brusquement elle enlève
Qu'aux louanges enfin, ils viennent faire trêve...
De nouveau fascinée, Acté ne peut tarir
Car l'on voit sur ce corps une cape ondoyante.

ACTÉ

Tes cheveux ! belle enfant, quelle onde chatoyante !
Quels beaux reflets dorés !... un peu de poudre d'or
Et voilà le soleil de ce nouveau trésor !...
Parle de ton pays... il doit être admirable
Si j'en juge par toi, ce beau fruit délectable !

LYGIE

Je ne me souviens plus... on y voit des forêts...
Des forêts... des forêts...

Acté

.. Et des fleurs... des genêts...
Acté trempa ses mains dans un pot de verveine
Elle lubrifiait les blonds cheveux sans peine...
Sur la peau de Lygie on frotta de nouveau
Un de ces corps huileux, tel un riche joyau...
Enfin on l'habilla dans une autre tunique
Dorée, souple, sans manche et d'étoffe esthétique...
Et le neigeux peplum forme des plis légers...
La coiffure suivit, fut d'instants passagers...
Pour achever encor cette métamorphose,
Des perles à son cou furent l'apothéose !

Acté prête à son tour, la litière parut...
Les femmes d'y monter... puis elle disparut
Dans la cour principale et dans les galeries...
Les invités passaient en grandes théories !

LE DÉFILÉ

Du couchant c'était l'heure, et les derniers rayons
Baisaient le marbre jaune en chauffant les colonnes...
Un flot toujours croissant, hommes par légions,
Des femmes de tous rangs, de très nobles personnes,
Tous habillés de même, autant de ces statues
Frôlaient ces marbres froids, divinités vêtues,
Danaïdes et dieux, ces héros tout drapés
De stoles et peplums toujours enveloppés !

De très haut contemplant le défilé qui passe.
Un hercule géant domine dans l'espace !

Et Lygie regardait des sénateurs les toges
De couleur différente on les distinguait bien.
Quelques-uns de ces grands méritaient des éloges,
Ils se distinguaient tous quelquefois par un rien ;
C'est un croissant planté sur leurs larges sandales,
Tuniques de couleur aux formes spéciales.
Passaient les chevaliers, les artistes fameux,
Des femmes à la grecque et d'aspect venimeux,
D'autres à la romaine, aux atours et coiffures !
Et des nœuds colubrins, pyramides parures !
Parmi les chignons bas, les uns garnis de fleurs,
D'autres avaient surpris des déesses les leurs.
Acté donnait des noms aux hommes, à ces femmes,
Ne craignant d'ajouter commentaires infâmes !

Oh ! tout ce monde étrange ! Et Lygie s'enivrait,
Tandis que son esprit impuissant vacillait,
Sans pouvoir distinguer parmi tous ces contrastes
Les hommes arrogants de ces mines néfastes,
Dans ce beau crépuscule empli de mille feux,
Ces colonnes rangées s'élevant vers les cieux,
Parmi tous ces mortels pareils à de beaux marbres,
Ces demi-dieux puissants sur des trônes faits d'arbres,
Un calme aussi serein émanait pour l'instant.
Ne semblaient-ils pas nés pour un bonheur fidèle ?

Hélas ! la voix d'Acté lui dévoilait, cruelle,
Les secrets tortueux de ce palais tentant.

Oh !... ce portique affreux qui rappelle le crime !
Caïus Caligula fut alors la victime
Tombant sous le couteau de Cassius vengeur ;
Sa femme, son enfant, tués par l'égorgeur !
Sur les dalles, pavés, leur sang marquait encore.
Là, sous l'aile fortuite (en passant on l'ignore)
Il est une oubliette où Drusus affamé,
Se rongeant les poignets, fut bientôt consumé !
Et le poison mortel frappa l'un de ses frères..
Gemellus rugissait à l'égal des panthères...
Dans les convulsions, Claude là, se tordit...
Pauvre Germanicus !... sur toi que n'a-t-on dit ?
Et ces longs murs épais enfermant bien des mâles
Ont entendu longtemps leurs hoquets et leurs râles !
Hommes, vous qui passez pour vous rendre au festin,
Etes-vous sûrs, hélas ! de vivre encor demain ?...

Sur quelques-uns d'entre eux, on lit sur le visage
L'angoisse, le souci : c'est de mauvais présage...
Peut-être la fièvre ou la cupidité,
La jalousie enfin dans sa férocité,
Dévore trop le cœur de cupides barbares
Qu'on voit gemmés, fleuris, de haines point avares !

Le flot des invités de la voie d'Apollon
S'avançait, grossissait poussé par l'Aquilon.
Vers le palais brillant et derrière la porte
S'entendaient les clients qui venaient faire escorte
Aux patrons blancs, hâlés... Avec ses grands anneaux,
Son casque empanaché, un géant aux joyaux,
Numide ténébreux, opposait son gros torse.
On transportait des luths, des cithares, bouquets,
Des flambeaux et des fleurs venues de la Corse.

L'automne allait finir, avec lui les bosquets.
Au clapotis de l'eau de lumière vespérale,
Se brisant mollement sur la vasque royale,
Se mêlait, s'épandait le bruit confus des voix.
Acté ne disait mot, mais Lygie toutefois
Soupirait et cherchait en regardant la foule...
Vers un grand idéal, sa pensée se déroule...

Va-t-elle rencontrer dans ce lieu fréquenté
Le jeune homme d'hier, déjà célébrité,
Celui qui savait bien colorer ses paroles,
Toucher son cœur aimant et sans lèvres frivoles ?

Soudain elle pâlit, croyant apercevoir
Pétrone, Vinicius, qui passaient sans les voir...
Vers le grand triclinium ils s'avançaient divins,
Et tous deux animés, causaient en bons voisins !

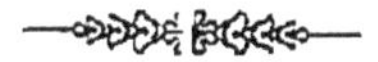

A LA TABLE ROYALE

Et Lygie s'avançait l'oreille bourdonnante,
Les yeux demi-voilés, la démarche tremblante...
Elle allait dans un songe...
Accrochées aux grands murs,
Sur les tables, partout, dans les recoins obscurs,
Des lampes de cristal, brillantes de lumière.
Elle allait dans un songe... or la salle entière
Retentissait du cri qui saluait César !
Il lui semblait le voir à travers un brouillard...

Encore inconsciente elle prenait sa place.
Acté tout auprès d'elle à sa droite se place...
A sa gauche elle entend un murmure connu...
Quoi !... c'est Vinicius qu'alors elle aperçut...

VINICIUS A LYGIE

Salut à la plus belle, à la vierge sur terre,
A l'étoile brillante, à celle qui m'est chère !
Salut à toi ! Salut ! divine Callina ..

Et en disant ces mots, heureux, il s'inclina...

Sans toge Vinicius était selon l'usage
Vêtu d'une tunique écarlate, avantage,

D'où ses bras cerclés d'or sortaient nus et noueux,
Bons bras forts de soldat attendant fiévreux
Le moment de saisir son bouclier, son glaive,
Et plein de cette ardeur qui dénote la sève...
De roses couronné, voire son teint hâlé,
Ses sourcils d'un seul arc et ce nez effilé,
Avec ses yeux ardents, il brillait de jeunesse,
De force, de beauté, de puissance et noblesse.
Pour Lygie, c'était bien le jeune homme troublant.

LYGIE A VINICIUS

Salut à toi, Marcus !...

VINICIUS

Me voilà contemplant...
Lygie, je suis heureux !... ta voix, je le déclare,
Produit des sons plus doux que ceux de la cithare !
Ta beauté me ravit... je te choisis, crois-moi...
Oui, te revoir ici, je le savais d'avance,
De joie et de bonheur, mon âme vibre intense !

Craintive elle écoutait, s'enivrait de langueur,
Toute oreille elle était par ces mots du charmeur,
Baissant les yeux parfois, les relevant, timide,
Son regard lumineux à la fin se déride,
Peut-être exprimait-il « Parle encor, Bien-aimé... »

La musique, le bruit, l'arôme parfumé,
Les encens et les fleurs, tout semblait l'envahir...
Vinicius près d'elle était fou de désir. .

Un peu de volupté s'emparait de Lygie
Berceuse, triomphant, de sa faible énergie...

Mais un tel voisinage agissait sur les sens,
Vinicius exalté comprimait ses élans.
Il était embrasé d'une flamme très vive
Et du vin, pensait-il, la retiendrait captive...

Du vin ?... Non, cent fois non, le vin ne pouvait rien...
A voir ces traits charmants, merveilleux, ô combien !...
Ces bras nus près de lui, cette chair virginale,
Sous la tunique d'or qui n'a point son égale,
Et ce corps deviné sous les plis du peplum,
Exaltaient son esprit, ses nerfs au maximum.
La main, il la saisit dans son ardeur extrême...

VINICIUS A LYGIE

Je t'aime... Callina !... O divine, je t'aime !

LYGIE, *effarouchée*

Mais laisse-moi, Marcus, dit Lygie en émoi.

VINICIUS

Aime-moi, ma divine, aimons-nous, aime-moi...

ACTÉ

Ne voyez-vous César ?... tous deux il vous regarde...

Mais soudain Vinicius que l'apostrophe larde,
De colère se prend pour César, pour Acté,
Le charme était rompu... le sort était jeté...
Importune eût semblé la voix la plus câline
Qui venait tout briser à cette heure taquine,
Arrêter les élans de son cœur convaincu...
Jugeant pour cette fois qu'il était bien vaincu,
Il jeta son regard sur la jeune affranchie
Délaissée de César et parfaite enrichie...

Vinicius a Acté

Ils sont passés, Acté, les beaux temps glorieux
Où tu reposais là, d'un air victorieux
Néron à tes côtés, triomphante maîtresse !...
Faut-il le regretter ?... Dis-nous par quelle adresse,
Tu devines si bien le masque de César ?...
Aveugle je voudrais que tu sois pour ma part !

Lygie n'avait rien vu de Néron empereur...
Au début du festin Vinicius, discoureur,
Avait su captiver l'esprit de sa voisine...

On parle de César, langage qui fascine...
Curieuse elle veut regarder, cette fois...

Acté disait donc vrai... César, homme de poids,
S'accoudait sur la table avec un œil mi-clos,
Une main rapprochait l'émeraude à propos,
Monocle avec lequel il regardait Lygie...
Et la craintive enfant redoublait d'énergie...

Il avait une tête inspirant la terreur,
Sur une énorme nuque on en voyait l'horreur...
D'un peu loin ressemblait au poupon en bas âge.
Sa tunique améthyste, imposée par l'usage.
Et lui seul la portait, interdite aux mortels
Qui considéraient l'homme aux gestes si cruels !

Noirs étaient ses cheveux, suivant d'Othon la mode,
Coiffure en quatre rangs, de boucles s'accommode.
Sa barbe ! on la disait offerte à Jupiter !
Et pour ce sacrifice il pouvait être fier,
Car le peuple romain, gens de toutes les classes,
L'avait glorifié par actions de grâces !...
Mais on se chuchotait que ce laid rejeton
Avait de ses parents, du poil rouge au menton !

Ce front de demi-dieu grimaçait simiesque...
Des désirs inconstants, une face grotesque,
Ivrogne ou cabotin aux heures du plaisir,
Poëte ou bien cocher, des défauts à choisir
Autocrate absolu... De son omnipotence
Il était conscient avec toute arrogance.
Or César se croyait, d'Olympe descendu...
Quiconque en eût douté devait être pendu.

A Lygie il parut hideux du moins sinistre,
Et la voix de cet homme un singulier registre

PROPOS DE TABLE

Sceptiques, quelques-uns ne croyaient pas aux songes !
D'autres déclaraient haut que c'étaient là mensonges !

VESTINIUS

Eh bien ! j'y crois beaucoup... le vieux Sénèque aussi...

CALVA CRISPINILLA, *se penchant sur la table*

Cette nuit j'ai rêvé — quel songe ! celui-ci ! —
Mystérieux et divin, de pensée inconnue,
Que vestale puissante... oui, j'étais devenue !

Néron battit des mains en entendant ces mots...
Tous ces joyeux seigneurs éclataient en bravos.
Calva Crispinilla pour son dévergondage
A Rome était connue et sur tout le rivage.
Divorcée bien des fois, conservant son aplomb
L'audace la servait pour vaincre la raison.

CALVA CRISPINILLA

Eh quoi !... vous savez tous vos vestales très laides,
De plus, qu'à la vieillesse il n'est pas de remèdes...
Rubria, comme moi, nous avons l'air humain
Et nous pouvons à deux être aimées du prochain.
Des taches de rousseur elle a sur le visage...

PÉTRONE

O très pure Calva... malgré tout ce dommage.
Admets bien cependant que ton rêve est trompeur.
Dans cette dignité nous te voyons sans peur
En songe toutefois, je n'en veux pas démordre.

CALVA

Mais César tout puissant pourrait donner cet ordre.

PÉTRONE

Pour que je croie au songe, il faut, en vérité,
Qu'il entre tout à fait dans la réalité.

VESTINIUS

Qu'on ne croie pas aux dieux, passe encor, doux mensonge,
Mais d'un rêve douter, cette idée-là me ronge...

NÉRON

Et les prédictions ?... On m'a prédit jadis,
Que Rome deviendrait une nécropolis
Et que je régnerais sur l'Orient total,
N'est-ce pas, mes amis, un fait original ?

VESTINIUS

Songes ! prédictions ! nul ne saurait en rire,
Ecoutez ce récit que je voudrais vous dire :

« Un certain proconsul très sceptique, voulut
« Mettre à l'épreuve un dieu : d'écrire il résolut,

« Sa lettre cachetée, à l'esclave il la donne,
« Chargé sévèrement de remettre en personne.
« L'esclave au sanctuaire s'enferme avec Mopsus,
« Passe la nuit au temple en attendant Phébus.
« C'est alors qu'il implore un songe prophétique.
« A son maître au retour : « J'ai vu dans l'extatique
« Un beau jeune homme blond capable d'émouvoir...
« Un seul mot il me dit et ce mot-là fut « Noir ».

En écoutant cela le proconsul tout pâle
Dit à ses invités d'une façon de râle :

« Mes amis savez-vous... pouvez-vous deviner
« Pourquoi cette réponse, ô dieux, fait frissonner ?... »

SÉNÉCION

La question d'abord ?... question de la lettre ?

VESTINIUS

Voici la question que je fais apparaître :
« Quel taureau noir ou blanc, sacrifier, offrir ?... »

L'intérêt soulevé devait bien s'amoindrir...
En effet Vitellius déjà pris par l'ivresse
Par des rires grossiers propres à son espèce
Accueille le récit, éclate répulsif.

NÉRON, *moqueur*

Eh ! de quoi ris-tu donc, ma barrique de suif ?...

PÉTRONE

Le rire, nous dit-on, nous exprime que l'homme
A la bête qui beugle est supérieur en somme.
Notre cher Vitellius n'a point d'autre argument
Pour prouver qu'il n'est pas un porc absolument.

Soudain le favori tombe dans le silence
Contemplant stupéfait cette noble assistance.
Cette bouche graisseuse inspirait le dégoût...
Encor pleine de sauce il reprend son bagoût
Et vient lever sa main si grosse, si luisante
Telle un coussin bourré de matière pesante.

VITELLIUS

J'ai perdu mon anneau, l'anneau de chevalier
Il venait de mon père, un homme......

NÉRON, *interrompant*

...... savetier.

Mais bientôt secoué par un éclat de rire
On le vit recherchant cet anneau qu'il désire
Dans le peplum si blanc d'une femme aux bras nus.
A ce jeu Vatinius pousse cris saugrenus,
C'étaient des cris humains de jeune effarouchée,
Tandis que Nigidia, coiffure empanachée,
Jeune éphèbe aux doux yeux, visage puéril,
Déclarait hardiment dans un gracieux babil
« Mais il n'a rien perdu... grands dieux !... il extravague !

LUCAIN, *poète*

Quand il la trouverait, cette inutile bague,
Il serait empêché de pouvoir s'en servir.

Le festin s'animait. Festonnés à ravir,
Pleins de neige des plats se succédaient sans cesse,
Les uns garnis de lierre, autre délicatesse.
Des cratères de vins coulaient royalement,
Les roses du plafond tombaient profusément.

Or c'était le moment tout à fait favorable
Où tous les invités remplis d'humeur aimable
N'étaient pas encor gris par ces vins généreux
L'ivresse succédait aux repas plantureux,
La débauche, sa sœur, finissait le spectacle,
Etalait aux regards sa honte et sa débâcle.

Et Néron fut prié d'illustrer de son chant
La noble société, mais lui d'un ton touchant,

S'excusait enroué... « La nuit, d'humeur chagrine,
« Il avait mis des plombs, des plombs sur sa poitrine,
« Et comme ce remède était un erratum
« Il ne songeait déjà qu'à partir pour Antium,
« Respirer l'air marin, guérir en vérité. »

Lucain implorait l'art, l'art et l'humanité...
Tout le monde savait que le « divin » poète
Le chanteur admirable avait de sa main faite.
Un bel hymne à Vénus, superbe, tout nouveau...
Fi !... celui de Lucrèce était d'un louveteau

Simple vagissement : c'était incontestable,
Qu'il fit donc du festin, un festin véritable...
Souverain paternel, allait-il infliger
A ses heureux sujets prêts à le louanger,
La torture de voir un Néron silencieux
Quand il lui plaît souvent de s'élever aux cieux ?...

LUCAIN

Nous t'écoutons, César, ne sois pas implacable !

TOUTE L'ASSEMBLÉE

Nous t'écoutons César, ne sois pas implacable !

Et Néron tout heureux de savoir ses Romains
Si prêts à l'écouter, il étendit les mains,
Témoignant qu'il cédait à cette violence.
De tous côtés bientôt, on s'applique au silence...
Mais Poppée, l'Augusta, fut mandée tout exprès...
Très souffrante ce jour, elle avait, à regrets,
Renoncé de paraître au festin. Nul remède
N'était apte à guérir comme cet intermède.
César pensait au chant, son efficacité :
C'était là puéril et sotte vanité !

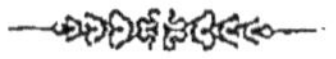

POPPÉE

Poppée vint aussitôt... Sur le cœur de Néron,
Régnant sans partager en double ce fleuron.
Dangereux eût été d'irriter ce grand maître
Surtout qu'il s'agissait de bien vouloir paraître !
Et pourquoi donc blesser ce chanteur tout royal,
Ce poète, cocher, à ce grand festival ?

Et blonde on la revit... sa tunique améthiste
Revêtait ce beau corps de la femme un peu triste.
Un énorme collier sur ce cou lumineux
Chatoyait tout brillant sur le tissu laineux.
On le disait venu des dépouilles opimes
Du grand Massinissa tombé dans les victimes.
Très jeune elle apparut... Plusieurs fois divorcée,
Elle avait un regard de douce fiancée,
De vierge disait-on... Des applaudissements
L'accueillaient en ce jour de bons pressentiments.
Partout on l'acclamait d' « Augusta la Divine »...
La beauté de ses traits, de ce corps qui fascine
Eblouissait les yeux, or ce calme réel,
Cachait-il aujourd'hui tout un dessein cruel ?...
Etait-ce bien l'infâme incitant son César
Par cruauté féroce, à tuer du poignard

Et sa mère Agrippine et sa première épouse ?...
Or Poppée de la femme était surtout jalouse...

Mais de cette maîtresse on renversait la nuit
Ses statues parfois, inscriptions sans bruit...
Et Lygie concevait que les esprits célestes
Avaient moins de beauté, moins de désirs funestes !

LYGIE A VINICIUS

Marcus... est-ce possible ?... avoir si mauvais cœur ?...
Regarde ses beaux traits...

VINICIUS

Nous déplorons en chœur...
Elle est très-belle hélas !... tu l'es bien davantage,
Proclamée tu serais dans un Aéropage...
De ton corps merveilleux, si chaste, sans malice,
Tu serais amoureuse aussi bien que Narcisse !
Mais Vénus dans son lait, a dû baigner ta chair !
Et Poppée, tous les jours, pour avoir si bel air,
Trempe sa nudité de savante maîtresse
Dans des bains parfumés et dans du lait d'ânesse !
Ne la regarde plus, tourne tes yeux vers moi
Que j'y puisse plonger mon regard en émoi...
Cette coupe prends-là, touche enfin de ta lèvre
Que j'y boive à mon tour pour calmer ma fièvre !

Mais César est debout un delta dans la main,
Et pour accompagner cet empereur romain,
Terpnos le grand chanteur, à la voix formidable

Pose son nablium. Et Néron sur la table,
Appuyant son delta, lève les yeux au ciel...
A l'inspiration il semble faire appel.
Le silence planait et de superbes roses
Descendaient du plafond comme bien douces choses !

Or il chanta debout, scandant en oremus,
Des strophes en latin, son bel hymne à Vénus.
Tous les vers de Néron ne manquaient pas de charme
Sa voix plaintive alors pouvait causer l'alarme
Ou la joie à son gré. Mais Lygie de nouveau,
Sympathique écoutait aussi joli morceau ;
L'hymne glorifiait la déesse païenne,
Sa belle impureté d'éclatante syrène !
Et César inspiré, lauré, les yeux au ciel
Posait pour le vrai dieu, l'être surnaturel !

Partout retentissait « O voix ! ô voix divine ! »
Des femmes le regard rayonne, s'illumine,
Restant les bras en l'air encor à rêvasser
Or ce chant tout divin, charmeur vient de cesser,
Et d'autres larmoyaient.. Un instant de tumulte,
Pour rendre à ce César un digne et juste culte,
Fut le remercîment des hommages reçus.
Des bravos chaleureux furent longtemps perçus.
Poppée, sa tête blonde, apparaît dans l'ivresse,
Baise la main puissante et de Néron, la presse.
Et Pythagore, un grec, jeune célébrité,
Ephèbe renommé déjà par sa beauté,
Que César, demi-fou, par devant les flamines
Epousait pour complaire à ses folles doctrines,
S'agenouilla ce jour aux pieds du grand chanteur.

Mais Néron regardait, très interrogateur,
Recherchant attentif le regard de Pétrone ;
Sensible à sa louange il semblait en personne.

PÉTRONE

Mon avis, grand César sur cet hymne bien doux,
C'est qu'Orphée en ce jour sera de toi jaloux...
Quant à Lucain présent il est jaune d'envie,
Masque qu'il portera jusqu'à fin de sa vie...
Quant aux sublimes vers, pourquoi faire si bien
J'étais prêt à louer du moins bon — ô combien !

Or Lucain point ne prit cette phrase au tragique...
Pour Pétrone il eut même un regard sympathique,
Puis feignant de l'humeur il répliquait soudain :

LUCAIN

Maudit soit Jupiter ! je suis contemporain
D'un illustre poète... Malheur ! il me surpasse
Dans l'univers entier et sur le mont Parnasse !
Or je suis éclipsé bel et bien à l'éveil
Comme un quinquet fumeux par un autre soleil !

Des vers on entendit et puis des dialogues,
Niais, extravagants par d'obscurs démagogues...
Le célèbre Pâris vint superbe animer
L'aventure d'Io qu'il risqua de mimer !...
A Lygie il semblait que ses maints sortilèges
Etaient miraculeux, de singuliers manèges !

Par le jeu de ses bras, ses passes, mouvements,
Par sa danse expressive et ses embrasements,
Il savait définir en gestes délectables,
Les désirs violents de faits inexprimables !...
O délire des sens ! frissons voluptueux !
De ses mains un beau corps sortait impétueux...
Il évoquait d'Io les formes virginales,
De la vierge en extase aux heures maritales !...
C'était plus qu'un mystère, un tableau palpitant
Où l'amour dévoilé, devenait fort troublant !...

Enfin, pour terminer par la danse bachique,
Corybantes alors au son de la musique,
Des instruments divers, flûtes et tambourins,
Des cithares d'acier, cymbales des festins,
Dominant tous les bruits, incitaient au tapage
Pour terminer bientôt par une orgie sauvage !

Et Lygie effrayée, abîmée de terreur.
Voyait fendre la voûte avec tout plein d'horreur,
La croyant s'effondrer sur elle et les convives !
Or les roses tombaient dans ses mains sensitives,
Des roses de couleur dont le parfum exquis
Enivrait tous les sens légèrement surpris...
A côté, Vinicius trop tendrement l'enchaîne.

VINICIUS, *un peu gris*

Je t'ai vue, Lygie, auprès de la fontaine
A l'aube chez Aulus, et depuis ce grand jour,
Mon cœur a palpité « Je t'aime, ô mon amour ! »
Seule tu te croyais pour dévêtir ta robe...

Fais glisser ce peplum et ta chair ne dérobe...
Crispinella comprend que les hommes, les dieux,
Sont altérés d'amour sur terre et dans les cieux !
Il n'existe vraiment rien que l'amour au monde...
Sur mon cœur palpitant, pose ta tête blonde
Ferme tes yeux jolis...

LA REPRÉSENTATION

Et la fin du repas n'était pas encor proche,
L'on mangeait, l'on buvait de ces vins sans reproche
Par esclaves servis, les coupes remplissant,
De la verdure ornait le verre éblouissant.

Deux athlètes gaulois, debout, devant la table
S'étreignent fortement en un bloc formidable.
L'on regarde conquis ces deux torses huileux
Sous l'effort des bras nus, leurs membres musculeux
Faisaient craquer les os, leur mâchoire terrible
Grinçait pour le plaisir de ce monde impassible.
Du heurt de leurs pieds nus, les dalles de safran
Résonnaient tout à coup de leur superbe élan.
O spectacle ! voilà, la minute tranquille...
Des yeux se mesurant et le corps immobile...
Avides les Romains suivaient intéressés
Des échines le jeu, leurs muscles hérissés,
Ces mollets et ces bras, noueux, si pleins d'adresse...
Encor quelques instants pour que la lutte cesse...
Croton, l'illustre maître, un chef de gladiateurs,
A juste titre était le plus fort des lutteurs,
Connu de tout l'empire, un homme extraordinaire...
Un instant lui suffit pour vaincre l'adversaire...
Et bientôt ce dernier en impuissant effort
Crache un filet sanguin, bleuit et tombe mort !

Des applaudissements saluent cette chute
Tandis que le vainqueur, le Croton de la lutte,
Sur l'échine du mort, son pied lourd, écrasant,
Ses bras noueux, croisés, fiers de l'agonisant,
Fixe en triomphateur cette noble assistance
Dans l'admiration de sa force et puissance !

Les jongleurs, les bouffons, de leurs cris d'animaux
Se succèdent nombreux avec des jeux nouveaux.
Déjà le vin troublait la vue des convives
Et les émotions redevenaient moins vives..
Or l'heure était sonnée où ce monde danseur
Devenait une proie au noble ravisseur !

Les divers instruments, cymbales arméniennes,
Sistres égyptiens, les cors, trompes syriennes,
En vain leurs sons puissants résonnaient en chaos
Et pour les ivres-morts en trop faibles échos.
Quelques gens toutefois réclamaient le silence,
Prêts à philosopher, diserts, pleins d'éloquence.
Fallait-il donc chasser ces forts musiciens
Pour écouter ce jour ces théoriciens ?

L'air était saturé par le parfum des huiles
Versées sur tous les pieds par éphèbes graciles,
Choisis pour cet effet, tous enfants merveilleux...
L'air est lourd de safran, étouffe ces milieux
Irrespirable encor par ces odeurs florales,
Ces effluves humains, ces lumières centrales
Fumeuses maintenant dans tout cet apparat.
Et la sueur perlait sur tous ces fronts d'éclat !

Les couronnes tombaient aussi bien que les roses...
Vitellius disparaît, perd notion des choses...
Sous la table il s'abîme en être trop repu.
L'éphèbe Nigidia, portant chignon crêpu,
Appuie son grand front sur le corps du poète...
L'ivresse les saisit... Lucain, sur cette tête,
De son souffle puissant, plongé dans son sommeil,
Chasse tout l'or poudreux de cet enfant vermeil.
Aucune attention n'est prêtée à ce couple,
Longtemps ils dormiront sans qu'on les désaccouple...
Pour la dixième fois
Vestinius répétait comme un chien aux abois
Le seul mot de Mopsus, ce mot « Noir » si terrible
Qui venait de frapper son oreille sensible...
Cette lettre !... ô pourquoi ?... l'idée du proconsul
Déjouait à cette heure et projet, et calcul.

Raillant toujours les dieux, Tullius, bouche pâteuse,
Parlait tout hoquetant d'une façon douteuse...

TULLIUS, *ivre*

Si Sphéros est un dieu, un de ces dieux tout rond,
Que vous admettez tous sans lui causer d'affront,
On pourrait bien en faire un jeu tout drôlatique,
Le rouler à son pied comme une vraie barrique !...

Mais ce dernier propos dit sans respect ni flair,
Indigne fut trouvé par Domitius Afer.
Prenant un verre plein, le verse sans mesure
Sur l'audacieux Tullius pour cette flétrissure.

DOMITIUS AFER, *vieux sénateur*

Oui, oui, je crois aux dieux ! Que Rome va périr !
On le dit haut, bien haut, pour nous faire souffrir !
La faute, c'est certain, est due à la jeunesse
Qui faiblit par la foi, la vertu, la sagesse...
A dédaigner les us, coutumes d'autrefois,
On s'éloigne du bien, du respect de nos lois...
Les Epicuriens !... sont-ils vraiment capables
De parer au danger des guerres lamentables ?...
Les Barbares sont prêts à se jeter sur nous.
O vous qui le voyez, au moins, défendez-vous !
Patrie ! mes regrets, pour chercher à cette heure
L'oubli de mes chagrins, avant que je ne pleure,
Dans les plaisirs du jour, moi, sénateur romain !

Et devant ce public, peu guerrier, inhumain,
Indifférent hélas, digne de tout reproche,
N'écoutant qu'à demi ce trait qu'on lui décoche,
Ce vieillard malheureux qui n'avait plus de dents,
A sa voisine sert des baisers abondants !
Tandis que Régulus, criant comme un beau diable,
Lève sa tête chauve, éclate formidable :

RÉGULUS, *consul romain, ivre*

Eh ! qui donc nous prétend que Rome va périr ?...
Sottise ! cruauté ! faite pour nous meurtrir !
Moi, parmi les consuls, j'en sais bien quelque chose...
Pour garantir l'Etat, tout l'Empire et sa cause,

Trente-deux légions sont armées en ce jour,
Soldats tout dévoués au pays, à la cour...

« Trente-deux légions », il tonnait à tue-tête,
Trente-deux légions ! j'affirme et je répète,
Défendront le pays des Parthes aux Bretons !

Soudain réfléchissant qu'il parlait à tâtons :
« Ma foi, je n'en suis sûr... peut-être... »

Il ne put achever, sous la table il s'affaisse...
Quelques instants plus tard, abruti par l'ivresse,
Expectore les mets, les langues de flamants,
Les champignons glacés, les divers aliments,
Les cèpes, les poissons, les viandes, sauterelles,
Tout ce qu'il avait bu, mangé de bagatelles !

Et pourtant Domitius n'était pas convaincu...
Ce nombre fabuleux, ce nombre avait vécu !
Non, non, il en doutait ..

Domitius Afer

Rome ! mais Rome expire !
Trente-deux légions ne pouvaient lui suffire !
Vous perdez chaque jour la croyance en vos dieux !
Vos mœurs ! qu'en faites-vous ?... sont la honte des vieux !
Grand dommage pourtant... ici la vie est douce,
Débonnaire est César, et puis la vigne pousse...

Regrettant le passé, si beau dans ses douleurs,
Le cou d'une bacchante il arrosait de pleurs !

Et la vie future ! Achille avait raison.
Il voyait par-delà tout un autre horizon
En déclarant bien haut : qu'il préférait, sur terre,
Etre un obscur bouvier errant et solitaire,
Qu'un de ces rois puissants, dans une région
Astrale, inaccessible à l'imagination !
Doit-on douter des dieux ? ne peut-on les proscrire ?
Bien que ce doute encor soit funeste à l'Empire !

Par son souffle puissant, Lucain dans le sommeil
Chassait la poudre d'or partout, jusqu'à l'orteil
De l'enfant Nigidia qui reposait tranquille.
Bientôt, visant l'amphore il prend, un peu fébrile,
Le lierre qui l'ornait, décore une dormeuse
Et lui-même à son tour d'une façon piteuse.
Alors il se leva, se croyant transformé ;
D'une voix de tonnerre il clame, rallumé :

LUCAIN, *ivre-mort*

A moi tous les regards ! je suis un faune... un faune.

Pétrone avec dédain, sa tenue ne prône...
Mais cependant Néron à la céleste voix
Vidant coupe sur coupe, enivré, bois, rebois...
Il voulait bien chanter des vers à l'auditoire
Mais alors il bredouille accusant sa mémoire
Entonne par erreur un chant d'Anacréon !
Et se joignant à lui, sans aucune façon,
Ses voisins avinés, Terpnos et Diodore
Vagissent d'un ton faux ainsi que Pythagore !

Tout à coup, frémissant, Néron en connaisseur,
Esthète convaincu, se complaît, encenseur,
Sur l'étrange beauté de l'éclatant éphèbe !
Bien fort il s'étonnait qu'on trouvât dans la glèbe
Ces délicates mains !... il cherchait tout pensif,
« Qui donc en possédait de belles sans motif ? »
Et le front dans sa main, réfléchit, s'exaspère...
Soudain il rembrunit « Ah oui !... c'était sa mère !... »
Agrippine ! Agrippine !... O sombre vision !
Prête à troubler encor l'imagination !

NÉRON

On prétend, disait-il, que, par les nuits de lune,
Elle erre sur les eaux, ondoyante, importune...
C'est autour de Baïa, de Baula qu'on la voit...
Elle cherche quelqu'un... un mortel... l'aperçoit...
Pour lui jeter un sort, de sa barque s'approche,
Le regard douloureux, semble faire un reproche...
Ses yeux ont rencontré ce pêcheur inquiet...
Et l'homme dans la nuit s'engouffre, disparaît.

PÉTRONE

Joli thème émouvant, bon à mettre à la scène.

Prenant son air malin, Vestinius rengaine,
Clame toujours constant :

VESTINIUS

Les dieux ! je n'y crois pas...
Dans les spectres j'ai foi comme dans le trépas !

NÉRON, *songeant que sa mère avait voulu le faire mourir*

Cinq ans ! Cinq ans déjà sur la terrible histoire,
Ce crime encor pendant offense ma mémoire !
Les Lemuralia, j'ai pourtant célébré,
Du fantôme fatal je ne suis délivré !
Mon repentir n'est pas de cette mort atroce,
Elle avait soudoyé l'homme le plus féroce...
Mais j'ai devancé l'heure et Jupiter divin
A permis que je chante encor à ce festin !

DOMITIUS AFER

Au nom de l'Univers nous voulons rendre grâce
A César glorieux qu'aucun chant ne surpasse !

NÉRON, *flatté*

Du vin ! encor du vin ! tonnent les tympanons !
Qu'on entende partout de bruyants carillons !

Le vacarme reprit. . Lucain dans sa verdure,
Voulant le dominer, il se met en posture.

LUCAIN

Faune, je suis un faune, habitant des forêts,
Echo o o o o o o o o o, je prends tout dans mes rêts.

Mais César était ivre, hébété, hors d'haleine,
Tous les nobles seigneurs se contenaient à peine...

Troublé, la tête en feu, poussé par le désir,
Vinicius enivré recherchait son plaisir,
Un plaisir violent précédé de querelle...
La colère ou la rage en son corps le harcelle,
Le teint sombre il blémit et d'un accent pâteux :

VINICIUS A LYGIE, *avec passion*

Tes lèvres donne-moi, tes baisers capiteux,
Aujourd'hui je t'aurai... demain, demain, qu'importe !
César a décidé que chez moi l'on te porte,
Il me fait don de toi, obéis, tu m'entends...
De par sa volonté, ma force, tu dépends...
Avant de t'enlever chez Aulus, un bon maître,
Il vient de déclarer qu'à moi seul tu dois être...
Tes lèvres donne-moi de suite et non demain,
Ne me fais pas attendre encor, encor en vain...

Alors il l'enlaça, puis ce fut une lutte
Qui devait précéder l'inévitable chute,
Où la force brutale exaltée, triomphait.
Lygie, au désespoir, chancelait, étouffait.
De ces bras épilés, l'enserrant par contrainte,
Elle cherchait en vain à rompre leur étreinte.
Tremblante de terreur, au nom de l'amitié,
Elle le suppliait d'avoir, d'avoir pitié !...
Par le vin dominé, l'haleine de sa bouche,
Ce visage rougi, noirâtre et si farouche,
Vinicius a perdu tout caractère humain...
Ce n'est plus pour son cœur ce bon, ce fier romain.
« O satyre méchant ! ô monstre d'épouvante !
« Dans ton regard de feu, tout le désir fermente ! »

En vain elle évitait un contact de sa chair...
Ses forces sont à bout... mais prompt comme l'éclair,
Vinicius s'en empare, écrase sur sa lèvre
Son baiser sensuel, bestial, plein de fièvre !

Ô dieux ! à ce moment qui donc vient, la défend,
Dénoue sans effort les bras du triomphant ?..
Qui chasse Vinicius comme un fétu de paille
Pour délivrer sa reine oppressée qui défaille ?
O stupéfaction ! que s'est-il donc passé ?...
Un géant magnifique au festin s'est glissé...
C'est Ursus le sauveur, l'esclave de Lygie
Qui de loin surveillait l'épouvantable orgie...
Féroce il regardait le jeune ravisseur,
En ennemi mortel, trop superbe oppresseur...
Et Vinicius glacé, vaincu par cette force
Subissait coléreux cette première entorse.

Le géant prit sa reine et de son pas égal
Sortit du triclinium bien loin de son rival.

Vinicius abruti ne savait trop que faire...
Cependant vers la porte il se rend téméraire :

« Ma Lygie ! mon amour ! ô pourquoi m'as-tu fui ?
« Je te tenais pourtant dans mes bras aujourd'hui. »

Comme un fou le voilà près des parois ouvertes,
Chancelant, trébuchant, sur tous ces corps inertes...
Ses pas mal assurés, il ne peut aller loin.
Obstacle ! oh ! il accroche un être dans un coin,

C'est bien une bacchante aux épaules trop nues
De laquelle il surprend paroles saugrenues.

« Que s'est-il donc passé ?... dis-moi la vérité ? »

La femme aux yeux brillants, avec ébriété,
Une coupe de vin lui tendit : « Bois encore......
« Buvons, buvons toujours, ainsi jusqu'à l'aurore !

Ecoutant ses propos, Vinicius prit et but,
Sur les dalles de marbre ensuite on l'aperçut,
Et vautrés sous la table on voyait les convives
Plongés dans le sommeil ou des pensées lascives,
Titubant par la salle et battant les grands murs...
Quelques-uns fléchissaient dans les recoins obscurs,
D'autres dans ce festin tout pantagruélique
Expectoraient leurs mets d'une façon publique
Sur ces ivres consuls et ces grands sénateurs,
Poètes, chevaliers, philosophes, docteurs,
Sur les praticiens, les danseurs, les danseuses,
Sur ce monde puissant de mœurs très jouisseuses,
Tout repu de plaisirs, vers l'abime roulant,
Enivrés par les vins, de débauche croulant !

Et de l'épervier d'or rempli de fleurs écloses,
De la voûte là-haut, tombaient, tombaient les roses !

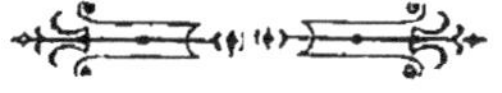

DEUXIÈME PARTIE

LETTRE DE PÉTRONE A VINICIUS

Tu vas bien mal très-cher ! il est très évident
Que Vénus t'accapare et te cause accident !
Elle trouble l'esprit, ta raison, ta mémoire,
T'enlève faculté de penser et de croire
A tous les faits présents, sauf à l'amour dis-tu,
Et le tien me paraît horriblement têtu...
Si tu relis un jour ta réponse à ma lettre,
Tu verras ton esprit indifférent paraître
A tout ce qui n'est point ta Lygie ! — O combien !
Il ne s'occupe, hélas, que de son seul maintien ;
Pour revenir à lui, sans cesse, et il tournoie
Tel un grand épervier au-dessus de sa proie !...
Par Pollux ! si ce feu qui va te consumant,
En cendres te réduit si prématurément,
Tu seras transformé, grands dieux ! comme ce sphinx,
Devenu l'amoureux de cette Isis bien pâle,
Sourd à tous les accents, ayant tes yeux de lynx
Pour la nuit contempler ton amante idéale !...

Nous devons toutefois partir pour Bénévent...
On verra les splendeurs établies, du moment,
Qui doivent distinguer un savetier naguère,
Notre Vatinius au double caractère ;
Et de là nous partons sous la protection
Des grands dieux de l'Olympe pour une excursion !

En Grèce nous allons ! Quant à moi je remarque
Qu'en vivant chez les fous, comme près d'un monarque,
On le devient aussi, que l'on trouve un attrait
Aux folies du jour pour son cœur imparfait !

Un voyage toujours très lointain s'accompagne
De milliers d'instruments, musique de campagne,
De cithares, de luths. La marche de Bacchus
Triomphe au beau milieu des nymphes — Mordicus !
On y voit sans regrets bacchantes couronnées
De myrtes verdoyants, aux voix désordonnées,
Et du pampre partout ; des chariots attelés,
Des tigres monstrueux, des thyrses enroulés,
Des guirlandes, des fleurs. Musique et poésie.
Cris perçants. d' « Évohé » hurlés — ô frénésie !
Par l'Hellade au vainqueur que l'on veut applaudir ;
Tout cela c'est parfait... mais pour nous étourdir,
Nous avons des projets audacieux en hardiesse ;
Fonder nous voudrions, un vaste empire en Grèce,
Empire d'Orient, féerique, merveilleux,
L'empire des palmiers, du soleil orgueilleux,
Des poètes divins, de la vie réelle.
Transformée en bonheur, en la joie éternelle !
Rome oublier ici, placer dans l Univers,
Quelque part en Asie ou dans ces lieux déserts,
En Egypte aussi bien. Capitale du monde,
Vivre comme des dieux et nous voulons sur l'onde,
A travers l'Archipel, errer sur des vaisseaux,
Dans des galères d'or, drapés de nos manteaux,
A l'ombre de la pourpre... être en une personne
Apollon, Osiris, un Baal qui rayonne !

Oh ! se teinter de rose à l'aurore et rêver,
Se dorer aux rayons du soleil élevé,
Puis le soir s'argenter de lumière de lune
Régner, « être divin » : c'est vie peu commune.

Folie !... j'entends bien, mais croirais-tu que moi,
Qui possède un denier de bon sens, par surcroît,
Un as de jugement... à ces idées fantasques,
Je me laisse entraîner comme dans les bourrasques !
Et pourquoi ?... dirais-tu... Parce qu'à mon esprit,
Si ces rêves du moins semblent impraticables,
Ils sont grands, ingénieux, plaisent à l'appétit
Par les formes, l'ampleur, toujours imaginables !

Un jour viendra plus tard, même beaucoup plus tard,
Dans des siècles lointains cet empire féerique,
Aux hommes paraîtra rêve dans le brouillard !
Tant que notre Vénus de naissance éclectique
N'aura pris de Lygie l'attrait tout féminin,
Ou celui d'une Eunice au charme si serein,
Et tant que nous serons recherchant la beauté,
L'existence du moins, sera perplexité,
Simiesque pour tous... Mais quel rêve impossible !
Notre Barbe d'Airain ne peut réaliser
Telles conceptions !... d'humeur incompatible,
Il ne peut gouverner, spiritualiser
Un pays d'Orient, d'êtres si fabuleux,
Où la poésie, l'art, tiendraient du merveilleux !
La trahison, la mort, n'y sauraient tenir place,
Et sous ces faux aspects d'un poëte à surface,
Réside un cabotin et le très plat tyran...

Or, nous nous occupons, très cher, dans notre élan,
D'étrangler tous les gens, ces hommes qui nous gênent,
Par toutes les façons, Torquatus, Silanus,
Dans les ombres déjà, ses meurtriers l'entraînent,
Or donc, tout en tremblant, Leucanius, Licinius,
Accepteront forcés du Consulat la charge.
Et le vieux Thraséas est inscrit dans la marge !
Condamné, va mourir, car il ose rester
L'honnête citoyen toujours à redouter !...
Quant à moi, Tigellin, n'a pu gagner la cause,
C'est un piètre ennemi, je sens qu'il se dispose
A me perdre à jamais aux yeux de l'Empereur.
Mais je suis nécessaire encor à son bonheur,
De par ma fonction « Arbitre des Elégances »,
Mais aussi pour aider par telles connaissances
Au voyage futur... Oui, mon très cher neveu,
Je veux dès aujourd'hui, te faire cet aveu :
Mon tour bientôt viendra !... Sais-tu ce qui m'importe,
L'idée qui me poursuit sans que je la supporte ?...
C'est que Barbe d'Airain n'hérite aucunement
De ma coupe en cristal, ma coupe de Myrrhène...
Je t'en ferai le don à ma mort seulement...
O coupe bien-aimée !! En attendant la scène,
Nous avons Bénévent, l'atroce Savetier,
Et la Grèce olympique encor à glorifier !

Porte-toi bien, très cher, prends Croton à tes gages...
L'Hercule ne dédaigne avec ses avantages
Et reprends ta Lygie... oh ! l'atroce Chilon ?
Que fait-il près de toi ? — Sans doute, rien de bon...
S'il pouvait être ici, près de Vatinius,

J'en ferais un valet, valet de détritus,
Et les vieux sénateurs, personnes consulaires,
Trembleraient devant l'homme aux aspects funéraires,
Comme ils tremblent souvent devant le chevalier,
De l'alène autrefois... malheureux savetier !

Voir cela, puis mourir ! Ah ! ah ! il fait bon vivre !
Quand tu retrouveras ta Lygie qui t'enivre,
Dis-le moi, qu'à Vénus, j'offre en ce jour heureux,
Dans son fabuleux temple, un couple de beaux cygnes,
Des colombes, par deux, afin qu'elles soient dignes
Des amours tendres, purs, de mes deux amoureux !

Recherchant tes baisers, j'ai vu Lygie en songe
Sur tes genoux riant... Oui, c'était doux mensonge,
Que tu transformeras en la réalité.
Puisse-t-il n'y avoir, dans ta félicité,
Aucun nuage noir... et ces mauvaises choses,
Qu'elles aient pour vous deux, ton et parfum des roses !

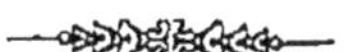

CHRYSOTHÉMIS

Or un jour au milieu des chars resplendissants,
Vinicius passait. Le quadrige superbe
D'une Chrysothémis, aux quatre chevaux blancs,
Apparut à ses yeux ravis de jeune imberbe.
Il était précédé de deux molosses gris,
Et semblait entouré de beaux garçons épris,
De ces vieux sénateurs retenus à la ville,
Rentrant de leurs fonctions d'un pas doux et tranquille.

Maîtresse d'Augustan, de Pétrone en un mot,
Délaissée maintenant, elle menait au trot
Son curricle attelé de petits chevaux corses,
Onduleux et légers, élégants, aux beaux torses...
Sourires gracieux à ses admirateurs,
Petits coups de cravache essoufflant ses trotteurs,
Triomphante elle était... Mais bientôt à la vue
De ce Vinicius qui cherchait entrevue,
Elle arrête un instant, le fait monter enfin,
Le conduisant chez elle au splendide festin.
Il y passe la nuit... Vinicius s'enivre,
Et ce fut à tel point, qu'il perdit souvenir
Et notion de tout, ne cherchant qu'à bien vivre,
On dut le transporter chez lui, se ressaisir ?...
Il se rappelait bien qu'il avait pris offense
Lorsque Chrysothémis eut, par son imprudence,

Demandé trop gaîment si son cœur était pris
De Lygie amoureux, à ce moment, très gris,
Il comprend encor mal, sans doute qu'on le berne...
Par vengeance il répand sa coupe de Falerne
Sur cette audacieuse et sa colère naît,
Se déchaîne bientôt au terrible secret !

Oubliant cet outrage à sa noble personne,
Chrysothémis revient en fervente luronne.
Sur la voie Apienne, elle veut de nouveau
Emmener cet ami, lui changer le cerveau.
Elle conte combien fatiguée et trop lasse
De Pétrone elle était.., que son joueur de luth
Ne sachant la charmer, tombait dans sa disgrâce...
Qu'elle était libre enfin, d'un cœur bon comme Ruth !

Pendant près de huit jours, ils vécurent ensemble...
Oublier n'est facile... Et Vinicius, il semble,
Pense encor à Lygie entrevue un moment...
La verrait-il bientôt ? — Dans quel lieu ? — Mais comment ?
Elle avait fui !... pourquoi ?... troublée par sa présence !...
O pureté du ciel ! ô douce souvenance !

Et des remords cuisants l'assiégeaient au logis...
Il en avait assez d'une Chrysothémis !
Profitant d'un achat de jeunes Syriennes
Qui suscitaient parfois scènes quotidiennes,
Dont elle s'abusait pour se mettre à l'écart,
Il la chassa brutal, coléreux, sans égard !...

PÉTRONE A VINICIUS

« Merci, cher... en tout cas, continua Pétrone,
Je vais lui envoyer, à la noble personne,
Tantôt des souliers bleus, avec perles, brodés,
Pour lui faire saisir par mes bons procédés
Que je lui dis « Va-t-en » en amoureux langage...
Je te suis doublement l'obligé du passage,
De m'avoir refusé sans aucune façon,
Ma séduisante esclave, amante pour de bon !

Et de Chrysothémis, tu viens, m'en débarrasses...
Ecoute bien, très cher, l'homme aux conseils sagaces,
Qui se levait avant, trop tôt, dès le matin,
Possédait une femme, aimait prendre son bain,
Festoyait, écrivait longuement des satires,
Agrémentait sa prose et vers sur les empires,
Mais s'ennuyait à mort à l'égal de César,
En ne pouvant chasser ses chagrins de richard !
O lugubres soucis !... Eh mais ! voici la chose :...
Et je sais bien pourquoi j'avais cet air morose :
C'est que j'allais trop loin pour chercher le bonheur !
Il était là tout près, tentant, fascinateur !

Belle femme en beauté, vaut bien son pesant d'or,
Mais quand l'amour réel s'ajoute à son décor,

Elle n'a plus de prix, et toutes les richesses
De Verrès, entends-tu, ne paieraient ses caresses !

Je veux, dès à présent, remplir toute ma vie
De ce bonheur réel et sans parcimonie
Comme je remplirais une coupe de vin
Illustre, capiteux, qui grise, mais divin,
Et j'en boirai, vois-tu, peut-être en pure perte
Jusqu'à ce que ma main devienne froide, inerte...
Philosophe je suis !

VINICIUS

Pour moi, rien de nouveau,
Bien que je voie une ombre et du noir au tableau !

PÉTRONE

Un programme manquait, or maintenant, regarde...
Ayant ainsi parlé, belle Eunice ne tarde.
Dans un costume blanc, souriante, paraît
Sous ses cheveux dorés. Pétrone satisfait,
L'accueille tout joyeux par un élan sincère.
« Viens, divine beauté, viens donc sur mes genoux,
« Pose sur ma poitrine, aimée, ta tête chère !... »

Vinicius voyait ces deux tendres époux
Si merveilleux d'amour, d'harmonie complète !
Ils formaient réunis un si beau couple esthète !

Pleine d'émotion, d'Eunice le regard,
Semblait un peu voilé par un léger brouillard...

Son teint prenait couleur, et Pétrone veut prendre
Sur un large plateau des violettes en main,
Et sur la blonde Eunice encor veut en répandre.
Sur ce corps gracieux en maître souverain !
Ensuite il dégagea ses épaules si belles :
« Heureux, dix fois heureux, parmi tous les fidèles,
« L'homme épris comme moi, qui rencontre l'amour ! »
Vois un corps sans pareil ! Il me semble en ce jour,
Que nous sommes tous deux des êtres admirables,
De ces divinités qui sont incomparables !
Considère Miron, Praxitèle, Scopas,
Et même Lysias... ont-ils imaginé
Tant de perfection dans leurs lignes ?... Non pas...
En vain tu chercherais à Paros raffiné,
Au Pentélique enfin, marbre parfait, si chaud,
Rose et voluptueux !...

Et Pétrone dévôt,
Embrassait tendrement les épaules d'Eunice.
Pour elle ces baisers, donnés avec délice,
Savoureux, la comblaient... Pâmée dans son bonheur,
Ses paupières battaient de toute leur ardeur,
Son corps ! il frémissait ! — S'adressant au jeune homme :
« Vinicius, dit-il, je viens de l'affranchir !
« Sais-tu quelle réponse a fait Eunice, en somme,
« A l'acte généreux ?...

« Rien ne peut me fléchir...
« Je préfère cent fois être ta belle esclave,
« Qu'épouse de César ou bien celle d'Octave ! »
Alors, à son insu, pour sa félicité,
J'ai voulu lui donner enfin la liberté !

Je tiens seul ce secret. Le préteur n'a, pour moi,
Sa présence exigé... mais elle... ô doux émoi !
Ignore son pouvoir, qu'elle est, après ma vie,
Maîtresse souveraine, de tous droits investie,
Que mes biens, mes bijoux, lui sont tous destinés,
Sauf quelques diamants et pierres précieuses...
Il se levait, marchait, à grands pas résonnés.
L'amour, ajouta-t-il, comme joies radieuses,
Nous transforme ici-bas... Subissons, influent,
La transformation !... J aimais extrêmement
Un parfum tout exquis : celui de la verveine,
Mais à présent, du moins, mon grand amour m'entraîne
Vers une autre senteur : celle des violettes !
Je les trouve à mon goût, comme Eunice parfaites !
Quelle suavité ! Et toi, mon cher neveu,
Est-ce encore le nard qui toujours est ton dieu ?

Or Vinicius souffrant de tristesse profonde
Répondit douloureux : « Ah ! laisse-moi, ne gronde... »

PÉTRONE

Eunice est un exemple à bien considérer,
Et ma sagesse enfin, tu dois seule admirer !
Si le bonheur n'est pas, tu le dis, à ta porte,
C'est que tes yeux bandés beaucoup plus qu'il n'importe,
Ne veulent pas le voir... Est-il bien éloigné ?...
Lui feras-tu toujours visage renfrogné ?,..
Un cœur fidèle et bon bat dans une poitrine,
Peut-être d'une esclave amoureuse, câline...
Ah ! ce baume appliqué sur ce cœur trop souffrant,
Guérirait un blessé d'une plaie grandissant !

Lygie t'aime, dis-tu ?... c'est bien chose possible,
Mais qu'est-ce qu'un amour si peu compréhensible,
Un amour insensé, celui qui se refuse ?...
Par Junon ! tous les dieux ! il n'est pas une excuse !
On dirait volontiers, oui, qu'au-dessus de lui
Un obstacle se place, un obstacle qui nuit !

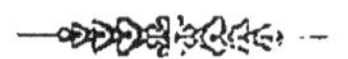

LE RADEAU

Fête sur l'Etang d'Agrippa

Orgie romaine

Sur l'étang d'Agrippa, l'on préparait la fête...
Les riches, beaux esprits, devaient être traités.
Empêcher curieux, la foule qui s'entête
Et vient gêner César avec ses invités :
Tel était le devoir des prétoriens de garde.
Les berges l'on cernait afin qu'on ne regarde
Dans les mystérieux bocages d'alentour,
Préparés à dessein pour les plaisirs du jour.
Dédommager César de son temps d'Achaïe,
Surpasser cette fois le luxe merveilleux,
Les spectacles d'antan, la couleur, fantaisie,
Tigellin préparait tous ces plaisirs aux yeux.
Il envoyait déjà vers tous les points extrêmes,
Des ordres pour avoir féroces animaux,
Poissons rares des mers, amenés par trirèmes,
Chargés des beaux tissus, des vases, des oiseaux.
Ils devaient ajouter l'éclat, le fascinage...
Des revenus entiers s'engouffraient pour l'usage.
Que de préparatifs ! mais c'était là détail
Dont il ne voulait faire aucun épouvantail.

Tigellin n'était pas favori responsable,
Peut-être point aimé, mais un indispensable !

L'Arbitre distingué, supérieur d'esprit,
Par conversations, manières élégantes,
Savait mieux amuser Néron en érudit,
Quand il n'était pas pris de jalousies constantes ;
Car Pétrone froissait quelquefois le César
Par un esprit railleur, mordillant avec art ;
N'était-il pas, Néron, le roi des Elégances
Plutôt que ce seigneur si fort d'impertinences ?
Tigellin comprenait ce rival dangereux,
Aussi s'éclipsait-il en talents savoureux !

Il faisait établir sur des poutres dorées,
Gigantesque radeau, puis des conques tirées
De l'Océan indien en ornaient tous les bords,
Avec palmes, lotus, de roses prenant corps.
Des statues des dieux, des cages singulières,
En or et en argent, renfermaient les oiseaux.
Ces plumages divers, fontaines printanières
Ecoulant des parfums, se dressaient en joyaux.

Les plats étaient dressés... Au centre on pouvait voir,
La pourpre d'un vélum soutenu par colonnes.
Les cristaux fins, nacrés, qu'on pouvait entrevoir,
Tous ces beaux ornements, ces verreries mignonnes,
N'étaient que les tributs des pillages récents,
Faits en Grèce, Italie ou pays adjacents

Et le radeau semblait une île verdoyante,
Fleurie, pleine d'attraits... Il était relié

Par des cordages d'or et de pourpre éclatante
A des bateaux clinquants, appareil varié,
De cygnes, de poissons, de flamants, de mouettes,

Dans ces barques d'apprêt, on voyait des rameurs,
De parfaites beautés des rameuses replètes,
Des corps harmonieux aux cheveux roux, flatteurs,
Tressés ou bien nattés sous de fines résilles !
Lorsque Poppée, Néron, avec les augustans,
Eurent examiné, bien joyeux, les coquilles,
Ils allèrent s'asseoir sous la tente, contents.

Les barques vont glisser, les rames frapper l'eau,
Et cordages se tendre, emportant le radeau.
Les invités ravis !... Mais pour faire une escorte
Un triomphal tableau, digne de ce César,
D'autres radeaux suivaient emportant la cohorte
De tous ces musiciens harpistes la plupart.
Et tous ces corps rosés de si belle apparence,
Placés entre l'étang, et l'azur d'un beau ciel,
Semblaient autant de fleurs dont la magnificence
S'étalait sous les yeux du regard sensuel.

D'étranges bâtiments cachés dans le feuillage
Vers cette île envoyaient leurs accords merveilleux.
La contrée résonnait de ce nouveau ramage
Des sons divers des cors, des cithares joyeux.

César ne perdait rien. Debout entre Poppée,
De l'autre Pythagore, heureux il admirait...
Il se félicitait d'aussi belle lippée...

Et lorsqu'il vit nager les sirènes agiles,
Du spectacle ravi, en bravos éclatait,
Auprès du favori pour ses pensées fertiles !

Pétrone il recherchait pour l'admiration,
Savoir s'il partageait son exaltation.
Mais celui-ci railleur en idées saugrenues.
« Je pense, grand César, que mille vierges nues
« Excitent moins les sens, qu'une seule, pour moi ! »
Néanmoins le banquet fut un succès de roi !
C'était de l'imprévu bien fait pour satisfaire.
On servit là des mets audacieux pour déplaire
A plus d'un patricien, tant de vins différents
Que le célèbre Othon chez qui l'on pouvait boire
Quatre-vingts des grands crus dans les amusements,
Honteux se cacherait dans une grande armoire !

Un bel homme éclipsait par sa grande beauté :
C'était Vinicius dont la célébrité
Etait clamée de tous. Soldat par la carrière,
Ravagé qu'il était par ses chagrins intimes,
Il avait bien perdu son allure guerrière.
A le voir malheureux, semblable à ses victimes,
On comprenait trop bien qu'un malheur très profond
L'envahissait entier de terrible façon
Ses yeux étaient plus grands, se nuant de tristesse
Son torse avait gardé sa carrure maîtresse,
Faite pour ce guerrier ; sur ce corps de soldat,
N'existait déjà plus sa tête de combat.

Pétrone en lui disant que pas une augustane
Ne se refuserait à ses désirs charnels,

Avait cent fois raison. Charmées par son organe,
Sa prestance d'athlète, ses chagrins personnels,
Toutes l'admiraient fort sans excepter Poppée ;
Oh ! pourquoi Rubria ? la vestale échappée
De son culte précieux par l'ordre de César,
Lui lançait une œillade au festin, par hasard ?

Et les vins généreux émoustillaient les têtes,
Echauffaient tous ces cœurs. Des barques par moments
Sortaient de ces taillis, de ces rives secrètes ;
La plupart affectaient des contours imposants.

Attachés à des fils, gazouillant leurs ramages,
On voyait des oiseaux de différents plumages,
Joyeux de liberté, recherchant la chaleur.
Le beau soleil de Mai ne manquait pas d'ardeur.
Pas un souffle de vent... Les bosquets immobiles,
Les barques scintillaient gracieuses, tranquilles.
Et le radeau glissait avec sa cargaison
De ces beaux invités bientôt hors de raison.
Quelques-uns se levaient, quittaient même leur place,
César venait s'asseoir auprès de Rubria
Vestale qu'au plaisir même il sacrifia...
Et il lui chuchotait quelques mots pleins d'audace !
Vinicius trouvait Poppée trop près de lui,
Le priant d'agrafer son peplum blanc, superbe...
Ah ! la main du tribun tremblait de cet appui...
Mais elle lui coulait tout un regard acerbe...

Cependant dilaté, le soleil descendait,
Derrière les taillis, rouge il incendiait

Le radeau surprenant, bien près, tout près des rives.
Dans les arbres en fleurs, des groupes déguisés,
Des faunes la plupart, aux formes répulsives,
Des satyres jouaient ainsi fanatisés
De divers instruments : le flageolet, la flûte,
D'autres le tambourin. Des femmes on voyait
En nymphes près de l'eau, dryades pour la lutte.
Mais un cri chaleureux à la Lune montait,
Pour enfin saluer ces brillantes lumières
Illuminant alors centaines de bosquets.
Des lupanars bâtis, maisons hospitalières
Devaient y recevoir dans leurs fins trébuchets,
Les joyeux invités pour finir par l'orgie
Cette fête d'éclat en débauche assouvie !

On pouvait contempler déjà la nudité
Des femmes de tribuns, toutes de noms romains,
Des filles de consuls qui, sans pudicité
Du geste et de la voix, appelaient libertins !

Le radeau débarqua César toute sa suite,
S'élançant aux bosquets saisir la favorite,
Encombrant lupanars, les grottes, les maisons...
On peut dire qu'alors, l'ivresse, le délire
S'empare de chacun pour troubler les raisons !
A ce moment précis n'existait plus d'empire,
Tout était confondu... Lequel était César ?
Lequel est sénateur, guerrier ou belluaire ?
Aucun ne l'aurait su dans ce monde fêtard !

L'on s'élance goulu, palpitant, téméraire,
Sur nymphes dans l'effroi proférant de grands cris,
Poursuivies gaîment par satyres et faunes
Voulant éteindre tout pour semer le gâchis,
Les globes lumineux si rouges et si jaunes...
Bientôt on entendait tout près, des cris perçants,
Des murmures ici, des souffles haletants !

Le beau Vinicius n'était pas un homme ivre
Comme au dernier festin donné dans le palais,
Il voulait un moment commencer à revivre,
La vue du plaisir lui donnait des attraits !

Et il court dans ce bois pour choisir sa dryade...
Il se voyait frôlé par un groupe en passade,
De ces divinités qui savaient entraîner
Tous les beaux sénateurs, chevaliers, dans leur fuite;
Bientôt il s'aperçoit d'une très longue suite
Et des vierges passaient pour mieux l'importuner,
Diane les conduisait.,. Voulant voir la déesse,
Vers elle il fait un bond .. Mais bientôt la tristesse
De son cœur s'emparait ; ce croissant argenté,
N'était pas, croyait-il, sa Lygie enrôlée...
Ces vierges l'encerclaient pour le voir excité,
Dans une sarabande unique, échevelée.
Les poursuivre ?... Jamais... Et il ne bougeait plus,
Tout plein d'émotion, il pensait à Lygie,
Belle virginité dans ce bois de folie,
De débauche sauvage et plaisirs dissolus.
Et des remords cuisants, tardifs, inexcusables
Assiégeaient cet esprit plein de pensées coupables !

N'avait-il pas pensé, lui-même, sans merci,
Au calice de fleurs à s'abreuver aussi ?...
De chagrin, de dégoût, il étouffait de honte...
Respirer de l'air pur, apaiser sa raison,
C'étaient nécessités pour sa douleur qui monte,
Qui l'afflige, obscurcit ses yeux de l'horizon...
De fuir, il résolut, ce bosquet d'épouvante.
Mais à peine avait-il cheminé quelques pas,
Qu'il se vit arrêter... Une forme émouvante
Féminine approchait, parlait sans embarras...
Elle appuyait ses mains sur ses larges épaules,
Le tenant prisonnier un moment sous les saules,
Disant avec ardeur :
« Viens, je t'aime, suis-moi,
« Nul ne pourra nous voir, cependant hâte-toi ».

Vinicius rêveur, tout entier dans un songe,
« Qui me parle, dit-il ? » croyant à un mensonge.

Encore elle insistait :
« Vois, ici c'est désert...
« Ah ! je t'aime ardemment, viens dans ce lieu couvert ».

VINICIUS

« Qui me parle ? »

LA FEMME

« L'Amour ».

Et à travers son voile,
Dépose des baisers fiévreux, haletants,
Sur le noble tribun que ce mystère envoile,
S'empare du jeune homme accablé de tourments.

La Femme

Nuit folle, nuit d'amour, tout est permis, dit-elle,
Ne me repousse pas quand le désir m'appelle...

Mais il fuyait déjà cette apparition,
Pris d'un nouveau dégoût pour l'exaltation,
Son âme, tout son cœur, tout ce qu'il considère
C'est Lygie loin... là-bas... c'est Lygie qu'il préfère.

Vinicius

« Serais-tu la Vénus, mon amour n'est pour toi,
J'aime quelqu'un ici... » Penchant vers lui sa tête.

La Femme

Mon voile, lève donc !

A ce moment d'émoi,
Un bruissement tout près effraie cette conquête...
Le spectre s'envola sous les myrtes voisins,
Faisant entendre au loin des rires féminins,
Ironiques, méchants. C'était le beau Pétrone.

Pétrone

J'ai vu, j'ai reconnu cette voix qui résonne :
Il faut nous en aller.

Ils dépassaient déjà
Les lupanars, bosquets, éclatants de lumières,
Les soldats prétoriens pour joindre les litières.
Le radeau fut quitté... Mais Pétrone jugea
Qu'il devait s'arrêter chez son neveu terrible.

VINICIUS

Sais-tu donc qui c'était ?... Rubria ?...

PÉTRONE

Non.

VINICIUS

Alors...

L'augustan dit tout bas :

PÉTRONE

Oui, c'est bien ostensible,
Le grand feu de Vesta, vient d'être, sans remords,
Profané bel et bien... Rubria, la vestale
Etait avec César... tu comprends le scandale...
Celle qui t'a parlé, c'est Divine Augusta.

Le silence fut court... le jeune homme écouta :

PÉTRONE

César n'avait pas pu cacher à cette femme
Tous les violents désirs qui tourmentaient son âme.
Il prit donc Rubria... Poppée en fut témoin,
Femme prête à venger sa fureur avec soin,
Elle t'avait choisi pour cette circonstance.
Refuser l'Augusta c'était de l'imprudence...
C'était nous perdre tous et sans omission...

Vinicius bondit, éclate en passion :

VINICIUS

Assez, j'en ai, grands dieux ! de César et de Rome,
Des fêtes, d'Augusta, de Tigellin rogomme,
J'étouffe par vous tous... O pourquoi vivre ainsi !
Je ne fais que souffrir, comprends donc mon souci !

PÉTRONE

Ne perds pas la raison, des choses la mesure.

VINICIUS

Je l'aime, je le jure...
Je n'aurai d'autre amour que Lygie, entends-tu ?
Au diable les festins, vos débauches, vos crimes.

PÉTRONE

Mais qu'as-tu donc enfin ? Quelle étrange vertu
T'inspire de nos jours, l'horreur de nos régimes ?
Allons ! es-tu chrétien ?
Vinicius troublé,
Ebloui cependant par la nouvelle aurore,
Le nombre de bienfaits qu'elle avait révélé
Répondit douloureux :
Hélas non... pas encore...

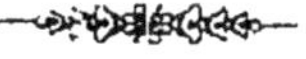

CONSEIL DANS LA MAISON DE TIBÈRE

On tint conseil dans la maison de Tibère qu'avait épargnée l'incendie de Rome. Pétrone était d'avis de laisser là les ennuis et d'aller en Grèce, puis en Egypte et en Asie Mineure.

Le voyage était projeté depuis longtemps, à quoi bon le remettre encore ? Cette proposition avait immédiatement séduit César mais Sénèque objecta :

SÉNÈQUE

Partir serait aisé, revenir n'est facile...

PÉTRONE

Par Hercule ! on revient, s'il ne faut qu'on s'exile,
Avec des légions d'Asie, en vérité.

NÉRON

Ainsi je le ferai pour ma sécurité !

Pétrone se sentait encore une fois l'homme
Capable de sauver la capitale Rome. .

TIGELLIN

Ecoute-moi César, quel conseil désastreux !
Avant d'être à Ostie, on peut craindre, à ces jeux,

Qu'un autre descendant de ce divin Auguste
Revenu de l'exil, figure hâlée, aduste,
Profite de l'instant, comme un usurpateur,
Pour se faire nommer à ta place empereur !
Une guerre civile est chose qu'on doit craindre,
Un péril bien trop grand, pas facile à restreindre.

NÉRON

Eh quoi ! ces descendants, oui nous les attendrons,
Les rares qu'on verra, nous les terrasserons...

TIGELLIN

Très facile en effet, mais d'autres peuvent être
Pour toi réel danger nouveau, qui pourrait naître.
Mes soldats entendaient hier sans embarras,
Qu'on pouvait proclamer empereur Thraséas !

NÉRON, *se mordant les lèvres*

Peuple ingrat, désolant ! ils ont des cendres chaudes
Abondamment du blé qu'ils prennent en maraudes,
Ils cuisent leurs gâteaux... qu'ont-ils besoin encor ?

TIGELLIN, *sombre*

La vengeance pour eux prend un nouvel essor !

Tous se turent soudain. César bientôt se dresse,
Se lève déclamant avec toute largesse :

Les cœurs ont faim de vengeance et la vengeance a faim de victimes...

Un instant oublieux de ses soucis divers :

NÉRON

Mes tables donnez-moi que je note ces vers
Avec l'aide du style... Ecoutez, je déclare,
Que jamais un Lucain, un poète, un Pindare,
N'en a tant composés à mon goût de pareils.
Il faut si peu de temps. Qu'en dites-vous conseils ?

PLUSIEURS VOIX

Poète incomparable !...
Et Néron prenait note
De ces vers ébauchés, triomphant en despote.
Promenant un regard sur tous les assistants,
Il prononce ces mots, horribles, palpitants...

NÉRON

Oui, la vengeance veut de nouvelles victimes...
Si l'on sacrifiait aux fureurs unanimes
De ce peuple haineux, un homme : Vatinius,
L'accusant d'incendie...

VATINIUS, *avec platitude*

Oh moi !... sans importance...
Que suis-je donc, Divin ?... pourquoi pas Vitellius
Dont le nom est connu pour son outrecuidance ?

VITELLIUS *blémit*

Ma graisse, objecta-t-il, ferait bien de nouveau
Autre chose éclater...

Et Néron en bourreau,
Cherchant une victime assouvissant son peuple
Que le feu dévorant, dévastateur, dépeuple,
Il voit son favori qu'il a comblé d'honneurs
Considère cet homme, aux airs provocateurs.

NÉRON

O Tigellin... c'est toi qui viens de brûler Rome !

A ces mots pleins d horreur pour l'être qu'on assomme,
Les assistants inquiets regardent effrayés,
Comprennent qu'à l'instant ils seront balayés.
Mais Tigellin féroce à ce coup de surprise,
Qui sentait du tyran la fatale méprise :

TIGELLIN, *féroce*

Rome vient de brûler par ton ordre, dit-il.

Et tous ils admiraient un ton aussi viril...
Ils restèrent ainsi, pendant quelques minutes
En silence, abrutis par de si longues luttes.

NÉRON

Tigellin, Tigellin .. est-ce vrai, m'aimes-tu ?

TIGELLIN

Tu le sais, oui César, mais je suis abattu !

NÉRON

Sacrifie pour moi !...

TIGELLIN

Mais pourquoi donc me tendre
O mon divin Néron, le doux breuvage à prendre,
Quand il m'est interdit par nobles fonctions
De porter cette coupe à mes lèvres... Parlons,
Le peuple est outragé, voilà qu'il se révolte,
Veux-tu voir les soldats aussi dans la révolte ?

Tigellin tout puissant, préfet des prétoriens,
Pouvait bien menacer par de nombreux moyens,
Et César comprenait devenant tout livide,
Tout poltron et honteux devant cet intrépide...

NÉRON

J'ai réchauffé, dit-il, un serpent dans mon sein !

Pétrone se moquait, trouvant sur ce terrain
Qu'il était très aisé de lui couper la tête.

NÉRON

Allons, donne un conseil, un conseil qu'on décrète...
Je me confie en toi, fais entendre raison
A nous tous assemblés, parle donc sans façon.

Pétrone avait déjà sur les lèvres ceci :
« De ta Garde, César, fais-moi préfet d'ici,
« Je livre Tigellin et j'apaise la ville,
« (Encor préférait-il y demeurer tranquille). »

Car être le Préfet cela signifiait
Porter le gros fardeau des affaires publiques,
En personne, César, qui le qualifiait
Pour sa sécurité, ses actes despotiques.
A quoi bon ce labeur ?... Ne valait-il pas mieux
Lire, admirer des vers, des vases précieux...
Et sentir frissonnant le corps divin d'Eunice !
Or donc il répondit, un peu par artifice :

PÉTRONE

Pour la Grèce, partons, ô Divin, à l'instant...

NÉRON, *désappointé*

Proposer de partir : ce n'est pas le moment
Mieux j'attendais de toi... Le Sénat peut, par haine,
Nommer un empereur à ma place sans peine,
Et ce peuple fidèle aujourd'hui, contre moi,
Pourrait tout le premier provoquer désarroi...
Ce peuple... ce Sénat... s'il n'avait qu'une tête !...
Par le Hadès, je crois. .

PÉTRONE, *peu rassuré, devinant la pensée*

... que l'épée serait prête !
Cependant si tu veux conserver dans tes mains,
Rome... pour te servir... garde quelques Romains !

NÉRON, *geignant*

Rome et tous ses Romains, à présent que m'importe !
Dans l'Hellade on m'écoute, on me prête main-forte !
Partout autour de moi, ce n'est que trahison,
Tous vont m'abandonner, vous autres, ma maison !
Je le sais, je le sais, vous ne songez pas même
Qu'on vous fera plus tard un reproche suprême
D'avoir abandonné l'artiste que je suis !
C'est absolument vrai, qu'avec tous mes ennuis
J'oublie trop souvent que je suis un poète !...

Se tournant vers Pétrone rasséréné

O Pétrone, voici : la plèbe est ainsi faite,
Murmurant, s'agitant... si je prenais mon luth,
Allais au Champ de Mars déclamer un Salut,
L'hymne que j'ai chanté pendant cet incendie ?
Je voudrais les charmer par une mélodie,
Faire entendre mon chant, comme Orphée autrefois
Charmait les animaux, les tigres dans les bois !

Tullius Scenecion, bouillant d'impatience
De rejoindre un sérail d'esclaves d'importance
Qu'il avait avec lui, ramenées d'Antium,
Pour ajouter encor à son grand decorum.

SCENECION

Incontestablement, César, si c'est possible...
Ne crains-tu pour l'instant leur oreille insensible ?...

NÉRON, *aigre*

En route pour l'Hellade !...

TIGELLIN

Ecoute-moi, César,
Je crois avoir trouvé... Le peuple, pour sa part,
Veut vengeance et victime... Ah ! dis-je, des centaines,
Des vies par milliers, des victimes humaines !...
Connais-tu bien, Seigneur, un surnommé Chrestos
Crucifié jadis comme un piètre héros
Par un Ponce-Pilate, autrefois Gouverneur ?
L'homme, de son vivant, fut habile entraîneur,
A laissé cependant de nombreux prosélytes,
Ils s'appellent Chrétiens ! .. mais on les hait déjà ;
Ne t'ai-je pas parlé de tous ces néophytes,
De leurs égarements qu'un autre encouragea,
De leurs crimes affreux et de leur prophétie !
Ils nous annonceraient comme grande ineptie :
Que le feu détruira le monde tout entier...
Nul ne les voit encor dans nos temples prier...
Ils prétendent nos dieux, idoles impuissantes !
Au Stade ils ne vont pas aux courses florissantes.
Ne compte point, du reste, être applaudi par eux,
Ni même reconnu « Divin » par ces fâcheux,
Ils sont des ennemis détestés par le monde,
Les tiens, par conséquent, et de ceux qu'on émonde.
Le peuple est mécontent, murmure contre toi.
Ce n'est pas mon César qui cause désarroi...
Ce n'est pas Tigellin qui donna l'infâme ordre,
De brûler une ville et de mettre désordre...

Le peuple veut des jeux, du sang, il en aura,
Aucun soupçon, je crois, ne te démasquera.
Nous voulons t'épargner...

CÉSAR, *en tragédien, jette sa toge, lève les yeux au ciel*

Apollon ! Perséphone !
Zeus ! Athéné ! Héra ! Voyez, je m'abandonne !
Pourquoi ne nous avoir, au moment, secourus ?
Pourquoi donc tant de biens, à jamais disparus ?
Oh ! qu'avait-elle fait à ces énergumènes,
Cette pauvre Cité de nos gloires anciennes ?
Quoi ! la faire périr !...

POPPÉE, *haïssant les chrétiens*

Ce sont nos ennemis
Et ceux du genre humain, de honte j'en blémis !

TOUS ENSEMBLE

Fais justice, punis, hordes d'incendiaires
Les dieux veulent aussi flétrir ces adversaires.

Néron anéanti par ces opinions,
Pensant à tant d'horreurs, d'abominations,
Agitait tout son corps :

NÉRON

Enfin, quelles tortures !
Parlez donc du forfait !... O dieux ! tristes pâtures !

Inspirez le César ! donnez au moins l'appui
Des pays du Tartare... Et bientôt, avec lui,
Aux Romains j'offrirai tant de réjouissances,
Qu'on parlera longtemps de mes magnificences !

Pétrone tout tremblant, pensait à Vinicius,
A Lygie, aux Chrétiens, à Tigellin qu'il damne,
Plaider il le fallait pour qu'on ne les condamne,
Risquant sa vie entière à l'égal d'un Brutus :

PÉTRONE

Vous semblez réjouis de trouver des victimes,
Et vous n'épargnez pas les faibles de vos crimes...
C'est fort bien ! C'est parfait !... Vous voulez envoyer,
Dans l'arène, joyeux, des hommes au martyre
Tout habillés de peaux, sans vous apitoyer...
Oh ! pauvres malheureux, que vous voulez détruire !
Mais écoutez-moi bien : la force, autorité,
Les prétoriens aussi, pour votre utilité,
Vous avez tout cela. Pourtant soyez sincères,
Ne fut-ce qu'une fois quand nul ne vous entend.
Pour dieux ! ne mentez pas avec ces fronts austères :
De votre jugement, le salut en dépend...
Bernez s'il vous convient, ce bon peuple de Rome,
Livrez-lui les Chrétiens, qu'on supplicie en somme,
Mais ayez le courage et le cœur de penser,
Que la Ville a brûlé par votre acte insensé,
Par votre volonté souveraine et puissante,
Responsable ici bas, cruelle, avilissante ;

Moi, Pétrone, augustan, indigné de ce fait,
Ne partage avec vous, misérable méfait.
Comédie ! Fi donc ! Tout cela me rappelle
Un tas de baladins, ce groupe qui ruisselle,
A la porte de l'Ane, où, tous les acteurs rois,
Et les dieux se jouant, s'escriment à la fois,
Pour le plus grand plaisir des badauds de passage...
Et cette farce aidant, on passe sans tapage
Les chargements d'oignons avec une lampée.
C'est Bacchus que l'on fête après une équipée !
O folie des temps ! triste aberration !
Soyez donc dieux et rois pour votre ambition...
Mais pour toi, grand César, qui crains fort la sentence
De la postérité, réfléchis par prudence !
« Par divine Clio ! Néron, grand empereur,
« Maître de l'Univers, Néron, dieu, protecteur,
« A brûlé tout à Rome — il était formidable
« Comme un Zeus dans l'Olympe, toujours un redoutable !
« C'est fou ! c'est insensé ! Ce poète Néron,
« Amoureux trop ardent de belle poésie,
« Ne craignit pas un jour, un jour hors de raison,
« De lui sacrifier entière sa patrie...
« Jamais on n'eût osé, depuis de nombreux ans,
« Faire une œuvre semblable, une œuvre de brigands !

Ecoute-moi César, au nom des Libéthrides,
Ne renonce à la gloire et aux hymnes splendides
Qu'on pourra te chanter dans tout cet Univers.
Eternel tu seras ! Auprès de tes beaux vers,
Que seront les Priam, Agamemnon, Achille ?
Que deviendront les dieux, ces dieux de la presqu'île ?...

Il est indifférent aux mortels de savoir
Si Rome incendiée est fait de ton vouloir,
Chose bonne ou mauvaise, abus ou bien folie !
C'est une œuvre admirable et d'un profond génie !
Le peuple n'ira pas lever la main sur toi,
Seuls les actes impurs sont de mauvais aloi !
Du courage il t'en faut... tu n'as plus rien à craindre.
Ah ! la postérité ! elle te pourra peindre ;
« César a tout brûlé par aberration...
« Grand roi pusillanime autant que beau poète,
« Il a désavoué cette grande action,
« Remords tardifs, douteux, de sa propre défaite,
« Il a couardement rejeté tout le tort
« Sur tous ces innocents qu'il condamnait à mort ! »

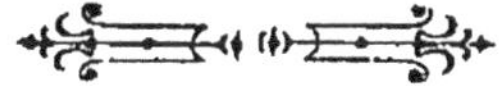

TROISIÈME PARTIE

DÉPART POUR ANTIUM

Le Défilé

On savait que César visiterait Ostie
Snr la voie d'Antium, que dans cette sortie,
Un navire il verrait avec sa cargaison,
Belle charge de blé pour prochaine saison.
Ce voyage attirait tous les regards de Rome,
De ce peuple romain avide d'hippodrome,
De spectacles divers, de crimes et de sang.
Il partageait ces goûts avec ceux du tyran.
De nombreux étrangers de tous points de la terre,
A la foule mêlaient leurs éclats de tonnerre.

Il fallait emporter pour complaire à César,
Tous les objets aimés qui tentaient son regard,
Pour que dans ses repos, ses haltes très fréquentes,
Il put voir à son gré ses statues présentes,
Ses menus bibelots. Dans ces déplacements,
Pour bien exécuter tous ces enchantements,
Il emmenait souvent, en plus de son escorte,
De nombreux serviteurs, des gens de toute sorte,
Ses seigneurs et sa cour, des soldats prétoriens
Ses artistes du jour, poètes, musiciens.

On conduisait aussi plus de cinq cents ânesses
Recrutées de très loin, dès l'aube, par bergers,
Afin que l'Augusta pût prendre avec largesses
Ces bains de chaque jour si doux et si légers.
La foule s'amusait de voir dans la poussière
La troupe d'animaux passer irrégulière,
Et puis le claquement des fouets, les cris aigus
Des pâtres conducteurs, sauvages moitié nus !

Sur la route bientôt, après ce grand tapage,
On vit des serviteurs avec un étalage
De fleurs de ces lauriers et d'aiguilles de pin
Qu'ils semaient à loisir pour un nouveau chemin.
La foule maintenant était toujours plus dense,
Des familles mangeaient, qui, sur un bloc immense.
On pérorait beaucoup sur César empereur,
Ses voyages prochains, sur sa propre grandeur !
Les marins vétérans racontaient des merveilles
Des pays étrangers venues aux oreilles.
Des citadins narraient au grand étonnement,
A tous ceux qui jamais n'étaient sortis de ville,
Les récits fabuleux tirés exactement
Sur l'Inde et les déserts de l'Arabie fertile ;
Sur cet îlot fameux d'un archipel breton
Où Briarée puissant enchaînait en mouton,
Un Saturne endormi tout près des mers de glace !
Sur ces eaux mugissant quand plonge le soleil.

On racontait aussi que ce navire passe,
Pour déposer du blé, de ce grain sans pareil,
Capable de remplir les greniers deux années.

Il transportait au moins quatre cents voyageurs,
Féroces animaux achevant destinées
Dans les cirques fameux. De là quelques honneurs,
A l'égard de Néron qui nourrissait son peuple
Et l'amusait aussi de façon qui dépeuple,
En faisant dévorer par les tigres, lions,
De malheureux chrétiens comptés par légions.
Puis passèrent encor les cavaliers numides
De la Garde du corps, fougueux et intrépides.
Dans leurs casques dorés miraient leur mufle noir,
Leurs armes en acier qui tranchaient sans espoir !

Véhicules chargés de tentes violettes,
Rouges, blanches parfois, de tapis d'Orient,
De meubles de tous prix, de maintes cassolettes,
De superbes oiseaux au plumage brillant,
Destinés aux repas de la table royale,
De grands paniers de fruits, des amphores de vin :
On voyait des chariots avec tout ce butin !
Et cela sous les yeux passait pour la régale !
Les objets les plus fins qui risquaient un accroc,
Etaient portés à pied, quelques-uns sur un soc,
Par ces nombreux porteurs chargés des statuettes,
Des bronzes corinthiens, gracieusement esthètes,
De ces fins vases grecs, étrusques, vases d'or,
D'argent et de cristaux, verres d'Alexandrie.

Petits détachements, prétoriens encor,
Fantassins, cavaliers, séparaient en partie,
Les porteurs d'œuvres d'art des gardiens bien armés ;
Brandissant de longs fouets, plombés, pour tout atteindre,

Ils veillaient tour à tour sur les groupes formés.
Le défilé passait comme une chose à peindre.
C'était bien, à vrai dire, une procession
D'une durée sans fin par une addition
D'instruments musicaux, de luths grecs et de harpes,
Tambourins et phormynx, cithares et buccins,
Cymbales à effet qu'ils portaient en écharpes.

Sans doute un Apollon, un Bacchus en festins,
Partait-il en voyage ? Et sur des chars splendides,
Avec thyrses en mains, acrobates avides,
Danseuses et danseurs suivaient chacun leur tour.
Ensuite on charroyait les esclaves d'amour,
Plaisirs voluptueux ! C'étaient de ces éphèbes,
Fillettes et garçons de la ville de Thèbes...
D'autres venus de loin, aux longs cheveux bouclés
Serrés en filets d'or, de joyeux exilés.
Contre le vent marin de cette Campanie
Se préservant ainsi tout en faisant rempart,
Ils s'enduisaient le teint d'une couche de fard.

Les Sicambres velus aux yeux pers d'énergie,
Puissants, le buste en main, portent tous les drapeaux
Et ces lourds étendards et ces aigles romaines,
Terribles, convulsifs, ils passent par centaines...
On les voit défiler la main sur leurs fourreaux.

Des tigres et lions, bêtes apprivoisées,
Qui servaient à Néron, attelés à ses chars,
Pour imiter Bacchus, s'étalaient exposées
Sur les chariots suivants conduits par des gaillards.

Arabes et Indous les guidaient par des laisses
Composaient de leurs fleurs des guirlandes de tresses.
Les fauves au repos, de leurs yeux endormis,
Regardaient, soulevaient leurs têtes, indécis,
Humant parfois la chair du peuple qui regarde,
Et des dompteurs zélés qui faisaient bonne garde.

Encor un défilé de ces chars impériaux,
De litières, soldats, superbes, aux joyaux,
Composé la plupart de splendides romains,
Volontaires fougueux, parfaits siciliens,
De ces jeunes garçons et d'élégants esclaves,
De ces soldats bronzés, courageux, hommes graves.

Enfin César paraît sur son char découvert,
Traîné par six chevaux, étalons d'Idumée.
A ses pieds d'affreux nains, deux monstres de l'enfer,
Accroupis, l'œil hagard, complètent renommée.

D'une tunique blanche il était revêtu.
Une toge améthyste en bleutait son visage,
Il semblait engraissé, fatigué, rebattu
Comme un homme ennuyé dans un bel attelage.
Son masque s'allongeait par un double menton,
Et ses lèvres, du nez, bien trop près, disait-on,
Semblaient à tous regards, s'ouvrirent sous les narines.
Son gros cou de taureau, cachait, sous ses babines
Un foulard en linon qu'il rajustait souvent,
Et sa main potelarde avec ce poil si rouge,
Sanglante elle paraît, surtout quand il la bouge.
Illusion des mains ! Triste pressentiment.

S'épiler ?... non jamais, et pour cause première
Il devait redouter (crainte particulière)
Un tremblement des doigts qui l'eût fort empêché
De jouer de son luth ou de s'en attacher.
Grotesque et effrayant, il en avait l'ensemble.

On criait bien « Salut ! Salut, Vitorieux !
Salut ! fils d'Apollon ! quel beau jour nous rassemble ! »

Lui, souriait toujours, mais des gens factieux
Loin de se méfier que leur plaisanterie
Fût de mauvaise augure ou bien de l'ironie,
Acclamaient de très haut par un « Barbe d'Airain,
« Crains-tu donc, ô César, que ta barbe flambante,
« Brûle Rome en un jour ?... Tu peux attendre en vain ! »

Néron ne s'irritait de parole choquante.
Sa barbe rousse ! à Jupiter Capitolin
Etait le sacrifice offert à son destin !

D'autres individus, debout, sur des pierres,
Sur les marches du Temple, osaient en bons confrères,
Les cris de « Matricide, Oreste, d'Alméon ! »
Sans craindre que ces mots fussent de mauvais son !
D'autres criaient encor : « Qu'as-tu fait d'Octavie ?
« Rends ton manteau de pourpre, ô toi qui prends la vie ! »

A Poppée qu'on voyait sur un char après lui
Un cri trop général « Toison fauve » la suit.

Ce cri-là désignait seul les prostituées !
L'oreille de Néron percevait ces huées,
Ces insultes, ces cris, il approchait alors,
L'émeraude de l'œil pour voir tous ces butors,
Noter les insulteurs.

Poppée suivait ensuite.
Vêtue à la César, de fards elle est enduite.
Pensive et immobile, on la trouve en beauté.
Sa tunique d'éclat, la curiosité
De ce peuple aux abois reluquant la litière
Portée par Africains pleins d'allure guerrière.

Nombreux les serviteurs qui composaient sa cour,
Ainsi que tous les chars transportant en ce jour
Ses costumes divers, ses objets de parure.
Le soleil déclinait bientôt dans la feuillure
Lorsque le défilé des amis de César
Devenait un sujet nouveau pour le regard.

C'étaient les sénateurs en serpent, qui chatoie.
La foule souriait, bienveillante, avec joie :
Elle veut applaudir Pétrone, son ami !
Et ce peuple romain ne voyait qu'à demi,
Accoudée près de lui, sa belle favorite.

Tigellin se levait, attendait une invite,
César est absorbé... Puis venait Licinius...
Pison fut acclamé, on rit de Vitellius...

Vatinius fut sifflé... Or, bien indifférente
La foule pour Tullius et d'autres sénateurs,
Et la procession toujours resplendissante
Du cortège brillant des femmes d'orateurs
Aux plaisirs dissolus, illustres par leur faste
Reconnu scandaleux pour l'époque et leur caste !

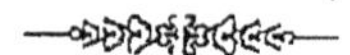

MORT DE PÉTRONE

Pétrone avait raison... un ami dévoué
Expédiait bientôt les dernières nouvelles.
César disgraciait... Le projet avoué,
Décidait de la mort de ses flatteurs rebelles !

« Il ne devait quitter Cumes qu'après avis ».
Tel fut de l'empereur un ordre très concis.
La sentence de mort fut bientôt prononcée,
De quelques jours, du moins, elle était annoncée.
Pétrone l'écoutait, impassible, serein,
Dit au centurion qu'un moment il retint :
« Porte à ton empereur ce vase incomparable...
« Sur mon âme, merci, je suis moins redevable
« De me laisser jouir, vivre encor quelques jours !... »

D'un rire il éclata comme il faisait toujours
Quand un projet nouveau le hantait dans sa tête,
Et qu'il se promettait une farce complète.

Le soir même du jour, ses porteurs envoyés
Chez tous ces augustans qu'il avait coudoyés,
Chez ce monde romain accouru dans la ville,
Invitaient ces grands noms au somptueux domicile
De l'Arbitre connu, ce roi de la gaîté,
« L'Arbitre des Elégances » plein de bonté !

Longtemps il écrivit dans sa bibliothèque,
Compulsa par instants, l'ouvrage de Sénèque...
Bientôt il prit un bain et se fit habiller,
Il voulait à tous prix, ce même soir briller !
Splendide et prestigieux, il doit passer ensuite
Au triclinium voir la salle reconstruite,
En jetant un coup d'œil sur les préparatifs
De fête réclamant des plaisirs très hâtifs.

Fillettes il voyait tresser belles couronnes,
La rose au doux parfum, des heures monotones ;
Jeunes adolescents les aidaient de leur mieux,
Mais lui n'avait pas l'air d'un homme soucieux !
On comprit aisément que la magnificence,
L'éclat particulier, même l'extravagance,
Devaient seuls présider à ce banquet brillant,
Car il leur fit donner, à tous ceux travaillant,
Des sommes en métal, puis ration légère
De verges aux garçons qui ne s'occupaient guère...
Même il recommanda de payer largement
Citharistes, chanteurs. Puis enfin, se calmant,
Sous un hêtre touffu, vit les blondes oscelles
De rayons découper de si fines ombelles !
Il semblait tout rêveur, mais Eunice apparaît.
Revêtue de blanc, un peu de myrte ornait
Ses beaux cheveux si blonds... elle semblait la Grâce,
Et ce jour en beauté, nulle ne la surpasse.

Bienveillant il la fit asseoir à son côté,
Sa tempe il effleurait avec légèreté,

La contemplait encor d'expression ravie
Considérant charmée sa candeur, modestie...

« Eunice, lui dit-il, je te le dis content,
« Esclave tu n'es plus, c'est un fait éclatant... »

Elle levait surprise un regard très étrange,
Avec ses yeux d'azur pareils à ceux d'un ange
Pour dire doucement : « Esclave.., oh oui !... toujours,
« Je le serai, Seigneur, jusqu'à fin de mes jours... »

« Peut-être ne sais-tu, ma bien douce compagne,
« Que ces champs, ces troupeaux, cette verte campagne,
« Ces esclaves nombreux qui travaillent pour moi,
« La villa, tous ces biens, sont désormais à toi...
« Aujourd'hui ces présents, reçois-les, je les donne ..
« Eunice bien-aimée... oui, tout je t'abandonne ! »

Mais elle s'éloignait de son air anxieux...
« O pourquoi me parler d'un ton mystérieux ? »
Inquiète, revient, tendrement alarmiste,
« Connaître son secret, oh !... l'exiger de lui...
« Il souffre, je le vois, son pauvre cœur est triste ! »

Pour cacher sa douleur, il dit simplement « Oui ».

Et il restait pensif... Une brise légère,
Caressait doucement le hêtre qu'il préfère...
Pétrone croyait voir assise près de lui,
Un marbre froid veiné, dont le regard induit...
Sublime de pâleur, d'émotion défaite,
Il reconnaissait là cette femme parfaite...

« Eunice, lui dit-il, je veux calme mourir... »

Mais un cri déchirant l'étreint, la fait souffrir.
« Je comprends tout, hélas !... »
Dans la soirée, la foule
Des invités du jour, arrive, se déroule.
Qu'étaient donc les festins de Néron ?... ennuyeux,
Barbares, pleins de sang, horriblement piteux,
A côté des plaisirs procurés par Pétrone.
Il savait recevoir en joyeuse personne !
Insouciant, rieur, on ne se doutait pas,
Que ce dernier festin annonçait son trépas !
Un nuage royal bien des fois redoutable
De mécontentement, planait incontestable,
Mais Pétrone savait l'orage dissiper
Par son habileté, il pouvait s'échapper !

Jeunes adolescents de blonde chevelure,
Couronnaient tous les fronts de roses en nature.
Les invités joyeux, entraient au triclinium.
Ils étaient avisés, pour premier decorum,
De passer du pied droit le seuil de la demeure.
La bonne violette embaumait à cette heure.
A travers globes fins, projetaient, éclatants,
Des feux de tous côtés, des rayons palpitants
Près des lits somptueux se tenait la fillette
Habillée pour ce jour de sa grande toilette,
Près de chaque invité, pour verser sur ses pieds,
Très délicatement les parfums octoyés.
Et contre le mur plein les chœurs, les citharistes
Attendaient le signal de leur chef, en artistes.

Le service discret ne manquait de grandeur,
De goût très raffiné, de relief, de splendeur !
On admirait surtout les cristaux et les coupes
Où s'incrustaient joyaux et camées précieux,
Amphores sur des lits, pièces montées en groupes,
Attiraient les regards par effets gracieux !

Et l'admiration, les mots, les joyeux rires,
Un baiser sur l'épaule aux femmes à sourires,
Convaincus, s'élevaient. — Or Pétrone causait,
Causait sur les grandeurs, amours, les amourettes,
Les jeux, la Cour, César, qu'il ne poétisait,
Les livres d'Atractus, de Sosius, des prophètes...

En répandant du vin sur les dalles, clama,
« Que sa libation n'irait pleine et entière
« Qu'à la reine Cypris... alors il s'anima,
« Déclarant, à la fois, cette Vénus altière,
« Sublime et surpassant toutes divinités,
« Belle impudiquement parmi les majestés,
« Seule conception que l'on dit perdurable,
« L'Eternelle Beauté, la toujours désirable !... »

Un signe alors il fit... Bientôt à l'unisson,
S'élèvent fraîches voix pour charmer par le son,
Tandis que soupiraient cithares en sourdine
Pour imiter au mieux la musique divine !
Puis des danseurs de Cos, gracieux et fringants,
Vêtus pour cet effet de mousseline et gazes,
Déployèrent aussitôt des talents élégants,
Des gestes d'éloquence, extatiques, sans phrases...

D'un bassin de cristal, des poissons nuancés
S'ébattaient aisément et l'on allait entendre
Plusieurs prédictions : heur, malheur, prononcés
Par un Egy[illegible] habile à les répandre...

Le spectacle fini, Pétrone se leva.
D'un coussin majestueux, dit avec négligence :
« Amis, pardonnez-moi... mais ennui m'arriva...
« Je vais vous adresser pendant cette séance
« Ma requête suprême, à savoir que chacun
« Prit la coupe en cristal (s'il n'est encore à jeun)
« Qui servit en ce jour, joyeux et mémorable
« A ses libations pour un dieu vénérable,
« Et ma félicité. »
Une coupe sans prix,
Sa coupe de Myrrhène où des reflets rubis
S'irradiaient nombreux, il brandit aux convives :

« O ma reine Cypris ! mes louanges très vives,
« Mon admiration, entends-les aujourd'hui !
« Cette coupe est à toi dans ma dernière nuit,
« Désormais nulle lèvre après moi ne doit boire,
« L'effleurer de ta main pour consacrer ta gloire !
« Moi seul, je veillerai, belle Divinité,
« Nul ne doit s'en servir pour infidélité,
« Pour trahir, diffamer, ma sublime déesse ! »

Sa coupe il la brisa sur les dalles safran
A la stupeur de tous, l'effroi de l'assistant.

« Il faut se réjouir, croyez-moi : la vieillesse,
« L'impuissance toujours, sont pour l'homme tristesse.

« Un exemple frappant, un conseil, mes amis,
« Pour dire que la mort trouve des affermis :
« Pour ma part je n'attends plus de joie sur la terre...
« Je m'en vais de plein gré dans l'ombre et le mystère...
« Je veux me réjouir, boire vins généreux,
« La musique écouter, passer moment heureux
« A contempler rêveur les formes si divines
« De mes tendres amours dernières, féminines,
« De roses couronné, brillantes de fraîcheur
« Dont le parfum exquis et la riche blancheur
« M'engourdissent les sens !... O mon heure, sois douce !
« Sois donc propice, ô Mort ! emporte sans secousse !
« Déjà j'ai pris congé de César et oyez
« Ce qu'en guise d'adieu je vais lui déployer. »

Lettre de Pétrone a César

Je connais, grand César, trop ton impatience...
Que tu languis déjà jour et nuit après moi
Dans la fidélité de ton cœur en souffrance...
De tes faveurs, comblé, je serais, par surcroît,
Peut-être bien nommé le Préfet de ta Garde,
Tandis que Tigellin, qui dans l'ombre poignarde,
Serait placé par toi gardien de tes mulets,
Dans ces nombreux terrains sauvages et discrets,
Que tu viens d'hériter d'une façon brutale,
Par l'empoisonnement d'une femme loyale !
Sans doute ce seigneur serait bien mieux placé
Dans cet office obscur qu'il ne peut surpasser ?

Il faudra m'excuser... hélas... je le regrette,
Par les mânes pourtant, de ta mère muette,
De ta femme, d'un fils, de Sénèque savant,
Ne compte pas sur moi pour t'approcher vivant...
La vie est un trésor, mon ami, je me flatte
D'en avoir pu sortir les bijoux précieux...
Il est aussi des faits, loyal je le constate,
Que j'avoue hors de moi de subir glorieux !

Oh ! ne va pas penser que tes forfaits rebutent,
Que je suis indigné de te voir assassin
De parents et amis qui ne te persécutent...
Qu'importe les remords ?... Que je suis très chagrin,
D'avoir vu Rome en feu !... vexé de ton système
De relégation. Tu crois bon stratagème,
Dans l'Erèbe envoyer tous les honnêtes gens !
En vérité ! en vérité ! Mes compliments !

Très cher fils de Chronos : la mort, ô rêverie !
D'êtres particuliers, oui c'est bien là l'hoirie
Des êtres d'au-delà, des esprits importants...
Tu pourras regretter les actes rebutants !

Pendant longues années faudrait-il que j'entende,
Par Pluton ! par Bacchus ! Que Persée me pourfende !
Ta musique, ton chant, m'écorcher le tympan !
Que je voie, écœuré, tes échalas d'autant,
Se trémousser en vain dans la danse pyrrhique,
J'entende déclamer, jouer de ta musique !
Tes poèmes beugler, poète des faubourgs !
Oh ! j'aimerais bien mieux m'éviter ces retours...

Mes forces sont à bout... j'ai le besoin terrible
De revoir mes aïeux Rome, c'est ostensible,
Sourde à tous tes accents, est prête à s'ébaudir !
Et moi je ne veux plus, comprends bien, applaudir !
Par Jupiter ! Assez !... j'aimerais mieux entendre
Le triste ululement de Cerbère peu tendre...
Ce serait pour le coup, moins affligeant pour moi ;
Je ne suis point l'ami de ce gardien adroit :
Je n'ai point le devoir d'être honteux ni touchant.

Porte-toi bien César, mais laisse-là ton chant...
Ne fais plus de ces vers... tue, commets des crimes,
Mais cesse de danser... empoisonne victimes...
Brûle toute cité, complais à ton désir,
Laisse au moins, par pitié, ta cithare moisir.
Voici mon dernier vœu, le conseil que souhaite
L' « Arbitre des Elégances » dans sa retraite !

Pétrifiés d'horreur, les convives tremblaient.
La perte des Etats, et tous ils le savaient,
A Néron vaniteux, eût été préférable.
Dire des vérités était incalculable ;
Et pas un châtiment, nulle punition,
N'était digne du moins de pareille action.
De plus, on comprenait, que l'auteur de la lettre
N'avait rien à risquer, même à se compromettre...
Sa vie ne comptait, puisqu'il devait mourir.
Une grande frayeur venait donc assombrir.

Pétrone rassurait la bonne compagnie,
Disant qu'il s'agissait d'une plaisanterie !
Embrassant d'un regard ses amis inquiets
Avec ce ton joyeux qu'il avait aux banquets.
Sincèrement il dit : « Ici, chassez vos craintes,
« Mes paroles, croyez, ne porteront d'atteintes.
« Vive la liberté !... Nul ne doit se vanter
« D'avoir dîné chez moi, mais je dois ajouter,
« Qu'il me sera plaisant de me faire connaître
« A Charon le passeur qui me voit apparaître ! »
Au signal qu'il fit, paraît son médecin...
Le grec lui prit le bras, l'encercla, le soutint,
Et du poignet ouvrit l'artère principale...
Le sang jaillit alors sur la couche fatale.
Inondée et tremblante, Eunice près de lui
Vient pencher son beau corps pour s'écrier martyre :

« Croyais-tu donc, Seigneur, me quitter aujourd'hui ?
« Si César me donnait largement tout l'empire,
« Si je devais choisir une place d'honneur
« Qui put combler mes vœux, accroître mon bonheur,
« Si les dieux tout puissants me rendaient immortelle,
« Je te suivrais encore à l'heure solennelle !... »

Et Pétrone sourit, l'effleura d'un baiser
Il ajouta ces mots : « Viens... aussi reposer...
« Tu m'as vraiment aimé ma divine caresse... »

Elle tendait son bras sentant que le temps presse...
Et le médecin fit à ce poignet joli

La même incision qu'à celui de Pétrone...
Tout près de son amant à la mort s'abandonne.

Et il la contemplait... à son tour affaibli,
Ce sage bien trempé faisait encore un signe...
Les plus divines voix reprirent de nouveau,
Tintèrent sans languir le dernier chant du cygne
Et ces airs résonnants préparent le tombeau !...

L'Amodios on chanta, puis l'hymne grec lyrique :
Anacréon gémit sur l'enfant symbolique
Eploré, tout transi, d'Aphrodite Vénus,
Qu'il trouva certain soir à la porte Janus...
Il l'avait réchauffé, même séché ses ailes,
Et l'ingrat, le cruel, perçait les cœurs fidèles.
Depuis longtemps le calme avait fui son esprit...

Se soutenant l'un l'autre, Eunice encore sourit !
Ils sont beaux, voyez-les, dans leur pâleur mortelle,
La musique portant vers la paix éternelle !
Et la terre s'enfuit doucement sous leurs pas...
Ils s'éloignent enfin du monde d'ici-bas !

Pétrone fait offrir de nouveaux vins qui coulent,
Veut encore causer de choses qui découlent,
Des mille riens charmants coutumiers des festins.
Un moment il pensa faire lier l'artère,
Faiblement soulevait le bras de ses coussins
Voulant s'abandonner au sommeil éphémère,
« A Hypnos, disait-il, avant que Thamatos,
« Pour toujours l'endormit... » Dans un beau rêve Eros

Lui faisait contempler une fleur pure et blanche,
Eunice souriant qui vers lui, vient... s'épanche.

Les chants d'Anacréon se succédaient toujours
Et les luths tintaient doux leurs plus beaux chants d'amours
Pour ne pas étouffer des chanteurs les paroles.
Pétrone profitant de tous ces airs frivoles,
Se fit la veine ouvrir pour la dernière fois...
La faiblesse le prit... il élevait la voix :
« Convenez chers amis que périt par tristesse .. »
Mais il ne put finir... sa dernière caresse
Eunice la reçut...
Les convives muets,
Contemplaient pieusement ces deux formes divines,
Ces marbres merveilleux, comprenant inquiets,
Qu'avec eux périssaient de très fortes racines.
Et ce monde romain, les yeux noyés de pleurs,
Déplorait... trop hélas ! un règne de malheurs !
Ces deux êtres si beaux, ces êtres pleins de vie,
Représentaient pour tous :
La Beauté, Poésie !

PAUL DE MARCILLAT.

TABLE DES MATIÈRES

Pages

PREMIÈRE PARTIE

DEUXIÈME PARTIE

TROISIÈME PARTIE

www.ingramcontent.com/pod-product-compliance
Ingram Content Group UK Ltd.
Pitfield, Milton Keynes, MK11 3LW, UK
UKHW021209220726
13924UKWH00003B/1416

9 782019 643461